新 視 野
中華經典文庫

新 視 野
中華經典文庫

楚辭

名譽主編 饒宗頤

導讀及注釋 陳煒舜

中華書局

新視野中華經典文庫

楚辭

□
導讀及注釋
陳煒舜

□
出版
中華書局（香港）有限公司
香港北角英皇道 499 號北角工業大廈一樓 B
電話：(852) 2137 2338　傳真：(852) 2713 8202
電子郵件：info@chunghwabook.com.hk
網址：http://www.chunghwabook.com.hk

□
發行
香港聯合書刊物流有限公司
香港新界大埔汀麗路 36 號
中華商務印刷大廈 3 字樓
電話：(852) 2150 2100　傳真：(852) 2407 3062
電子郵件：info@suplogistics.com.hk

□
印刷
深圳中華商務安全印務股份有限公司
深圳市龍崗區平湖鎮萬福工業區

□
版次
2013 年 11 月初版
2022 年 4 月第 3 次印刷

□
規格
大 32 開（205 mm × 143 mm）

□
ISBN：978-988-8263-44-8

出版說明

為甚麼要閱讀經典？道理其實很簡單——經典正正是人類智慧的源泉、心靈的故鄉。也正是因此，在社會快速發展、急劇轉型，因而也容易令人躁動不安的年代，人們也就更需要接近經典、閱讀經典、品味經典。

邁入二十一世紀，隨着中國在世界上的地位不斷提高，影響不斷擴大，國際社會也越來越關注中國，並希望更多地了解中國、了解中國文化。另外，受全球化浪潮的衝擊，各國、各地區、各民族之間文化的交流、碰撞、融和，也都會空前地引人注目，這其中，中國文化無疑扮演着十分重要的角色。相應地，對於中國經典的閱讀自然也就有不斷擴大的潛在市場，值得重視及開發。

於是也就有了這套立足港臺、面向海外的「新視野中華經典文庫」的編寫與出版。希望通過本文庫的出版，繼續搭建古代經典與現代生活的橋樑，引領讀者摩挲經典，感受經典的魅力，進而提升自身品位，塑造美好人生。

本文庫收錄中國歷代經典名著近六十種，涵蓋哲學、文學、歷史、醫學、宗教等各個領域。編寫原則大致如下：

（一）精選原則。所選著作一定是相關領域最有影響、最具代表性、最值得閱讀的經典作品，包括中國第一部哲學元典、被尊為「群經之首」的《周易》，儒家代表作《論語》、《孟子》，道家代表作《老子》、《莊子》，最早、最有代表性的兵書《孫子兵法》，最早、最系統完整的醫學典籍《黃帝內經》，大乘佛教和禪宗最重要的經典《金剛經》、《心經》、《壇經》，中國第一部詩歌總集《詩經》，第一部紀傳體通史《史記》，第一部編年體通史《資治通鑒》，中國最古老的地理學著作《山海經》，中國古代最著名的遊記《徐霞客遊記》，等等，每一部都是了解中國思想文化不可不知、不可不讀的經典名著。而對於篇幅較大、內容較多的作品，則會精選其中最值得閱讀的篇章。使每一本都能保持適中的篇幅、適中的定價，讓普羅大眾都能買得起、讀得起。

（二）尤重導讀的功能。導讀包括對每一部經典的總體導讀、對所選篇章的分篇（節）導讀，以及對名段、金句的賞析與點評。導讀除介紹相關作品的作者、主要內容等基本情況外，尤強調取用廣闊的「新視野」，將這些經典放在全球範圍內、結合當下社會生活，深入挖掘其內容與思想的普世價值，及對現代社會、現實生活的深刻啟示與借鑒意義。通過這些富有新意的解讀與賞析，真正拉近古代經典與當代社會和當下生活的距離。

（三）通俗易讀的原則。簡明的注釋，直白的譯文，加上深入淺出的導讀與賞析，希望幫助更多的普通讀者讀懂經典，讀懂古人的思想，並能引發更多的思考，獲取更多的知識及更多的生活啟示。

（四）方便實用的原則。關注當下、貼近現實的導讀與賞析，相信有助於讀者「古為今用」、自我提升；卷尾附錄「名句索引」，更有助讀者檢索、重溫及隨時引用。

（五）立體互動，無限延伸。配合文庫的出版，開設專題網站，增加朗讀功能，將文庫進一步延展為有聲讀物，同時增強讀者、作者、出版者之間不受時空限制的自由隨性的交流互動，在使經典閱讀更具立體感、時代感之餘，亦能通過讀編互動，推動經典閱讀的深化與提升。

這些原則可以說都是從讀者的角度考慮並努力貫徹的，希望這一良苦用心最終亦能夠得到讀者的認可、進而達致經典普及的目的。

「弘揚中華文化」是中華書局的創局宗旨，二〇一二年又正值創局一百週年，「承百年基業，傳中華文明」，本局理當更加有所作為。本文庫的出版，既是對百年華誕的紀念與獻禮，也是在弘揚華夏文明之路上「傳承與開創」的標誌之一。

需要特別提到的是，國學大師饒宗頤先生慨然應允擔任本套文庫的名譽主編，除表明先生對本局出版工作的一貫支持外，更顯示先生對倡導經典閱讀、關心文化傳承的一片至誠。在此，我們要向饒公表示由衷的敬佩及誠摯的感謝。

倡導經典閱讀，普及經典文化，永遠都有做不完的工作。期待本文庫的出版，能夠帶給讀者不一樣的感覺。

中華書局編輯部

二〇一二年六月

目錄

《楚辭》導讀

陳煒舜

一、引言

近代大學者梁啟超說：「吾以為凡為中國人者，須獲有欣賞《楚辭》之能力，乃為不虛生此國。」《楚辭》作為中國詩歌兩大源頭之一，與《詩經》齊名。《楚辭》產生的年代晚於《詩經》，是先秦南方文學的代表，體現了獨特的審美精神。東周以降，楚國長期吸收北方中原的文化，並將之結合本土文化，到戰國時代乃逐漸擺脫蠻夷之邦的形象。《楚辭》，就是兩種文化成功結合後的產物。

不同於《詩經》的寫實主義，《楚辭》的浪漫主義風格是由楚地廣袤富饒的山川、豪邁熱情的民風和神秘絢麗的巫文化所造就的。其驚采絕豔的辭章、朗麗哀志的情調、細膩高超的藝術技巧、琳瑯滿目的神話素材，令人愛不釋手。《楚辭》不僅是漢賦的直系祖先，其辭采和精神更滋養了後世眾多的作家。從司馬遷、曹植、陶淵明、李白、杜甫、蘇軾、曹雪芹到龔自珍，他們的創作無一不受到《楚辭》的影響。民國以後，雖然包括楚辭在內的舊體詩歌不再是文學創作的主要體裁，但現代作家如聞一多、郭沫若諸人，依然深受《楚辭》哺育，而楚辭學也成為了五四以來的一門顯學。

屈原（約公元前三四三年—公元前二七七年）是《楚辭》的主要作者，作為秦楚競爭及國內政治鬥爭的犧牲者，他以高尚的人格感召了一代又一代的志士仁人。屈原傳世的二十五篇作品大抵為仕途失意時所作，字裏行間洋溢着他對斯土斯民的熱愛、古聖先賢的景仰，以及追求真理、堅守正義、保持激情、擁抱理想的精神，而這種精神是不以時代之更移而轉變的。其次，進入戰國時期，諸子百家應運而生。在中原地區，散文逐漸取代詩歌的地位。博學多才的屈原縱然與諸子同期，卻以詩歌創作聞名於世。他不僅對楚辭這種文體起了奠定的作用，更開啟了中國文學史上第一個創作流派，宋玉、唐勒、景差皆能祖述屈原的從容辭令。如果說孟、莊、荀、韓的學派皆以義理為依歸，屈原的流派則以辭章為核心，難怪歷來都有人將屈原列為諸子之一。屈原的楚辭創作，除有發憤抒情的功用外，更意味着文學意識的覺醒。在中國文學史上，他雖然不是第一位留名的詩人，卻以大量精力投入詩歌創作，可說以詩歌為寄託、為志業、為生命。因此，屈原有「詩人之祖」的美譽，衣被百代，暉麗千秋。

二、楚辭的名義與風格

楚辭，就是楚人創作的詩歌。這種體裁盛行於戰國時代的楚國，相對於《詩經》較晚。楚國君臣多嫻於辭令，他們對詩歌亦非常注重修辭技巧。因此，這種修辭華美的楚國詩歌就被稱為「辭」或「楚辭」。楚辭的代表作家有屈原、宋玉等，有時候楚辭甚至專指屈原的作品。[1]作為文體的名稱，楚辭最早見於《史記．酷吏列傳》：

> 始長史朱買臣，會稽人也，讀《春秋》。莊助使人言買臣，買臣以楚辭與助俱幸侍中，為太中大夫。[2]

朱買臣、莊助皆西漢武帝時人。到了成帝即位，劉向奉旨校書，滙集屈原、宋玉、賈誼、東方朔等人的作品，編為十六卷，名曰《楚辭》。自此以後，楚辭成了專書之名。東漢後期，王逸根據劉向的本子著成《楚辭章句》，是現存最早的《楚辭》注本，對後世影響深遠。

1 吳宏一：《詩經與楚辭》（台北：臺灣書店，一九九八年），頁一四五。

2 〔漢〕司馬遷：《史記》（北京：中華書局，一九九七年），頁三一四三。

楚辭作品獨有的地方特色，一直為人們所注意，其中最顯著的，莫過於誦讀的方法。《漢書·藝文志》云：「不歌而誦謂之賦。」[3]所謂賦乃合騷體而言之。騷、賦共同的誦讀方法，就是純粹的朗讀，不必配上音樂旋律來唱誦。而楚辭誦讀的聲調也富於特色，西漢被公、朱買臣等皆是能以楚聲來誦讀楚辭者。除了聲調外，楚辭還有不少其他特色，北宋末年學者黃伯思便作過一番歸納：

屈、宋諸〈騷〉皆書楚語、作楚聲、紀楚地、名楚物，故可謂之楚辭。若「些」、「只」、「羌」、「誶」、「謇」、「紛」、「侘傺」者，楚語也。悲壯頓挫，或韻或否者，楚聲也。沅、湘、江、澧，修門、夏首者，楚地也。蘭、茝、荃、藥，蕙、若、芷、蘅者，楚物也。[4]

黃氏之言可分為形式和內容兩方面。他認為，楚辭作品在形式方面採用了楚地方言詞彙（楚語）和音韻（楚聲），內容方面記錄了楚地的地理環境（楚地）和土特產（楚物）。黃伯思的說法雖

3 〔漢〕班固：《漢書》（北京：中華書局，一九九七年），頁一七五五。
4 〔宋〕黃伯思：〈校定楚詞序〉，載《東觀餘論》（北京：中華書局據古逸叢書三編影印，一九八八年），頁三四四。

然不錯，但尚可斟酌補充。先秦時代的楚聲早已不傳，如何根據楚辭文本來感受楚聲的悲壯頓挫？更何況楚語、楚地、楚物，並不一定只在楚辭作品中才會出現。比如說楚辭的「兮」字，每在《詩經》和賦中出現。而賦的句式，有不少也十分接近楚辭。因此，楚辭必然還有一些判然不同於其他文體的特色。

首先值得注意的是楚國的文化背景。楚文化與北方的諸夏文化頗有差異，楚人信巫覡、重淫祠，雖君主亦不例外。據桓譚《新論．言體論》的記載：

> 昔楚靈王驕逸，輕下簡賢，務鬼神，信巫祝之道，齋戒潔鮮，已祀上帝、禮群神，躬執羽紱起舞壇前。吳人來攻，其國人告急，而靈王鼓舞自若，顧應之曰：「寡人方祭上帝，樂明神，當蒙福祐焉，不敢赴救。」[5]

吳軍壓境的關頭，楚靈王卻仍在「鼓舞自若」地祭神。儘管靈王的祭祀沒有達到預期的效果，但歷代楚王對於鬼神之事的興趣卻絲毫沒有減退。《漢書．郊祀志》指出，屈原時代的楚懷王同樣採用過這種方式，冀圖退卻秦軍：

5 〔漢〕桓譚：《新論》，〔清〕嚴可均校輯：《全上古三代秦漢三國六朝文．全後漢文》（北京：中華書局，一九五七年），引《群書治要》，頁五四〇。

> 楚懷王隆祭祀，事鬼神，欲以獲福助，卻秦師，而兵挫地削，身辱國危。[6]

所謂上有好而下必甚焉，楚國巫風之盛，可想而知。而重想像、重抒情、斑斕陸離、恢詭奇絕、充滿神話色彩的楚辭作品，就是這種文化風俗影響下的產物。〈離騷〉、〈九歌〉、〈天問〉、〈招魂〉等篇章中關於宗教活動的記載，往往可見。

其次，楚辭的代表作家——屈原，對於楚辭風格的塑造，也是一個關鍵。屈原忠君愛國，卻遭讒害而被疏遠、放逐，眼見君昏國危、民生困苦，屈原於是創作了〈離騷〉等一系列的作品來諷諫君王，一篇之中，再三致意。明代吳訥《文章辨體》說：

> 采摭事物、摛華布體謂之賦……幽憂憤悱、寓之比興謂之騷；傷感事物、託於文章謂之辭。[7]

吳訥雖然將辭、騷並列，但「傷感事物」是概言辭體，「幽憂憤悱」是專論屈作，因此將屈原的〈離騷〉等作品歸在辭這一類，毋庸置疑。整體而言，吳訥認為辭這種文體表達的心情大率是哀

6 〔漢〕班固：《漢書》，頁一二六〇。

7 〔明〕吳訥：《文章辨體序說》（北京：人民文學出版社，一九六二年），頁一二。

怨的。進而言之，楚辭（以及其所淵源的楚歌）所表達的哀怨心情往往是一種無可奈何感，如〈大司命〉云：「愁人兮奈何？願若今兮無虧。」項羽〈垓下歌〉：「騅不逝兮可奈何？」劉邦〈鴻鵠歌〉：「橫絕四海，又可奈何？」還有〈越人歌〉的無奈是不為鄂君所知，〈離騷〉的無奈是懷王不能任賢，〈大風歌〉的無奈是猛士難求……這種無可奈何之感，是人類面對不如人意的世事卻又無能為力時所滋生的悲劇情愫。

《史記．屈原列傳》曰：

> 屈原既死之後，楚有宋玉、唐勒、景差之徒者，皆好辭而以賦見稱，然皆祖屈原之從容辭令，終莫敢直諫。[8]

司馬遷在此處透露出一個重要的信息：宋玉、唐勒、景差雖在辭令上祖述屈原，但他們的作品就文體而言已由辭發展為賦。唐勒、景差的作品今已十不存一。而從宋玉現有的作品來看，除了收入《楚辭》的〈九辯〉為辭體外，其餘〈高唐賦〉、〈神女賦〉、〈登徒子好色賦〉、〈風賦〉、〈大言賦〉、〈小言賦〉等皆是賦體，可見宋玉的創作興趣逐漸從辭趨向於賦。吳訥指出賦的特

8 〔漢〕司馬遷：《史記》，頁二四九一。

色在於「采摭事物、摛華布體」，可見辭強調感傷的情調，賦偏重鋪敍的手法。而明代胡應麟《詩藪》則說：

騷與賦句語無甚相遠，體裁則大不同。騷複雜無倫，賦整蔚有序。騷以含蓄深婉為尚，賦以誇張宏巨為工。[9]

這段文字顯示，要辨別文體的異同，不能只注意句式，更要看章法和情調。試想屈原行吟澤畔時，心煩慮亂，情思恍惚。故發而為辭，文義或許層次繁複，但傷事感物、幽憂憤悱的情調則一以貫之。至於宋玉等人身為文學侍從，作品雖也帶有諷諫的性質，但主要還是為了娛樂楚王。如〈高唐賦〉對楚地山川的鋪敍、〈神女賦〉對神女意態的形容，皆脈絡分明，以極盡描摹為能事，而章法、情調卻與〈離騷〉大相逕庭。賦是從辭發展而來的，在兩漢蔚為大宗。由於楚辭哀怨的情調與西漢盛世的時代精神已有不符，故不得不演變為藻飾承平的賦。與賦以及後世其他文體相比，楚辭體過早的轉化與衰落，回過頭來又烙上屈原的印記。一種文體的塑造取決於單一作家，這在中國文學史上是極為罕見的。

9 〔明〕胡應麟：《詩藪》（台南：莊嚴文化事業有限公司據南開大學圖書館藏明刻本影印，一九九七年），頁六三〇。

三、楚辭體的起源與形式

古代學者認為《詩經》是《楚辭》的直系祖先，如東漢王逸就提出屈原是「獨依詩人之義而作〈離騷〉」。[10]宋代朱熹也將《楚辭》稱為「變風變雅之末流」。[11]現、當代的學者大多肯定《詩經》與《楚辭》之間的傳承關係，但也認為楚辭體的來源具有多元性，如楚歌（即楚地民歌）就是直接源頭之一。《呂氏春秋．音初》記載：

> 禹行功，見塗山之女。禹未之遇，而巡省南土。塗山氏之女乃令其妾候禹於塗山之陽。女乃作歌，歌曰：「候人兮猗。」實始作為南音。周公及召公取風焉，以為〈周南〉、〈召南〉。[12]

「兮」、「猗」二字皆從「丂」得聲，古代大約唸成「呵」音。這首短短四字的〈候人歌〉中，

10 〔漢〕王逸章句、〔宋〕洪興祖補注：《楚辭補注》（北京：中華書局，二〇〇二年），頁四八。

11 〔宋〕朱熹：《楚辭集注》（台北：文津出版社，一九八七年），頁二。

12 〔漢〕高誘注：《呂氏春秋》（台北：臺灣商務印書館影印文淵閣四庫全書，一九八三年）卷六，頁6b—7a。

感歎詞竟佔去了一半的篇幅，把塗山氏等待丈夫歸來的那種焦灼、煩亂而又帶着期盼的心境表露無遺。在《呂氏春秋》的作者看來，南方歌謠（南音）最顯著的特色，就在於抒情、感歎，這種特色在《詩經》的〈周南〉、〈召南〉裏多有繼承。如〈周南・漢廣〉：

南有喬木，不可休思。漢有游女，不可求思。漢之廣矣，不可泳思。江之泳矣，不可方思。

〈漢廣〉篇用「思」不用「兮」，而其內容描述的江漢一帶，正在楚國境內。此篇縱然未必是楚人所作，但嗟歎的聲韻、幽婉的情調，卻很接近楚辭的特色。二〈南〉以外的詩歌，也時時可見帶有「兮」字的句式。如〈鄭風・野有蔓草〉的第一章，就與《楚辭》中〈橘頌〉的句式幾乎一樣：

野有蔓草，零露漙兮。有美一人，清揚婉兮。邂逅相遇，適我願兮。

至於句式不盡相同而一樣運用「兮」字的，為數更多，茲不贅。

從現有的資料看來，楚康王時代（前五五九－前五二九）已有比較成熟的楚歌產生了。西漢劉向《說苑‧善說》記載，楚康王的弟子晳受封為鄂君，泛舟於新波之中。掌橹的越女以越語（南方少數民族的語言）唱了一首歌曲。鄂君請人翻譯成楚語，其文如下：

今夕何夕兮，搴洲中流。今日何日兮，得與王子同舟。蒙羞被好兮，不訾詬恥。心幾頑而不絕兮，知得王子。山有木兮木有枝，心說君兮君不知。[13]

這首〈越人歌〉是中國歷史上可考的第一首譯詩，產生時代較屈原早了二百多年。「山有木兮木有枝，心說君兮君不知」二句，以山木起興，帶出不為鄂君所知的憂愁。其結構與情調，與〈九歌‧湘夫人〉「沅有茝兮醴有蘭，思公子兮未敢言」二句非常相似，二詩被譽為「同一婉至」。[14]由於〈越人歌〉原文的漢字記音尚保留於《說苑》，引發後代許多學者重新譯解其越語原文。漢字記音的最後五字「滲惿隨河湖」被解讀為「隱藏心裏在不斷思戀」，對應「山有木」兩句；然尚嫌質樸，並無楚譯本的比興之義。可見〈越人歌〉在轉譯的過程中，必然經過了文學加工。而這位楚譯者的造詣，也展現了當時楚國的文學水平。

13 〔漢〕劉向：《新序‧說苑》（台北：世界書局影印，一九七〇年），頁九三－九四。

14 〔清〕沈德潛編，王蒓父箋注：《古詩源箋注》（台北：華正書局，一九九〇年），頁一九。

游國恩指出，楚辭所以獨立於《詩經》之外而成為一種新文體，全在它運用所謂「騷體」的形式。這個形式就是它在句尾或句中一律用一個助詞——「兮」字。[15]由於楚辭的風格以抒情為主，在句式上富於感歎，是很自然的。據明代張之象《楚範》的統計，《楚辭》中有「兮」的句式共三十六種，從「一兮一」式（坱兮軋）、「一兮二」式（眴兮杳杳）、「二兮二」（吉日兮辰良）到「九兮六」式（苟余情其信姱以練要兮長顑頷亦何傷），應有盡有。[16]此外，〈招魂〉的「些」、〈大招〉的「只」，在篇中的功用也與「兮」字近似。若論屈原作品中帶「兮」的典型句式，粗略而言蓋有三種類型。第一種是「九歌型」，如〈東皇太一〉：

吉日兮辰良，穆將愉兮上皇。

以及〈國殤〉：

操吳戈兮被犀甲，車錯轂兮短兵接。

15 游國恩：《楚辭概論》（台北：臺灣商務印書館，一九九九年），頁八。

16 〔明〕張之象：《楚範》（北京中國科學院圖書館藏明高濂刻本）卷二。

「九歌型」的句式中，「兮」字一般居於句子的中間，形式多為「二兮二」、「三兮二」以及「三兮三」型。這種句式主要見於〈九歌〉諸篇，亦偶見於〈九章〉。

第二種是「離騷型」。若以兩句為一個單位，「兮」字一般出現在第一句的末尾。如：

苟余情其信姱以練要兮，長顑頷亦何傷。

這種句式主要見於〈離騷〉、〈九章〉（〈橘頌〉除外）、〈遠遊〉、〈招魂〉小引、〈九辯〉等篇章。很明顯，「離騷型」是由「九歌型」發展而來的，故張之象《楚範》仍以「離騷型」的兩句為一句。此外，還有一種句型略短的變體，如〈漁父〉中的〈滄浪歌〉：

滄浪之水清兮，可以濯吾纓。

以及〈招魂〉亂詞：

獻歲發春兮，汩吾南征。

只是這種句式更接近四言體，似乎恰是第三種「橘頌型」的倒置形式。〈橘頌〉云：

后皇嘉樹，橘徠服兮。受命不遷，生南國兮。

除〈橘頌〉外，在〈九章〉的亂詞中也常常看到這種句式，如〈懷沙〉亂詞云：

長瀨湍流，泝江潭兮。狂顧南行，聊以娛心兮。

二〈招〉的招辭部分雖然不用「兮」字，但形式也非常相近。如〈招魂〉：

魂兮歸來！入修門些。工祝招君，背行先些。

又如〈大招〉：

青春受謝，白日昭只。春氣奮發，萬物遽只。

這種句式與《詩經・鄭風・野有蔓草》第一章幾乎完全相同，可見《詩經》與《楚辭》之間的聯繫。至於《楚辭》的其他作品，如〈天問〉以四言為主，〈卜居〉每句用「乎」字，〈漁父〉的散文性頗強。這些篇章的句式雖然不是典型，但卻可以讓我們看到《楚辭》在體式和內容上的多樣性。

四、楚國文化與屈原

在神話傳說中，楚人的遠祖古帝顓頊是一個神奇的人物。他有上帝的神格，嘗命其子重黎絕斷了天地之間的通道，曾造《承雲》之樂，死後還化為「魚婦」。重黎就是著名的火神祝融，相傳他獸面人身，乘坐兩龍，能夠光融天下。楚人的這些先祖，充滿了神奇的色彩，與上古宗教巫術的關係密切。周成王時，楚人的領袖熊繹受封為子爵，帶領人民在南方篳路藍縷，開發山林。從此以後，楚地疆土日擴，成為南方大國。由於楚國與周天子沒有血緣或姻親關係，又僻處南方，所以一直被注重宗法制度的中原國家視為蠻夷，受到排斥。正因如此，楚國保存了許多上古、夏、商時代的宗教巫術文化。屈原是楚國的重臣，曾掌巫史之職，熟悉這些宗教活動。因此，他的作品朗麗綺靡、志哀情深，既善於鋪陳，又富於聯想，這與楚國巫風的薰浸是分不開的。

周朝得天下後，大封同姓諸侯，發展出宗法制度來統治國家。然而在南方的楚國，宗法觀念尚未形成。楚人的國家民族意識中，還遺留很多氏族社會的痕跡。因此，屈原更多地用氏族社會的觀念來看問題。如屈原對於伍子胥的態度，就是一個極佳的證明。伍子胥為報父兄之仇，曾鞭楚平王屍。在儒家看來，這種行為自然大逆不道。但屈原作為楚王宗親，卻高度讚揚伍子胥，還直斥楚平王之非。在他眼中，導致吳國入侵、楚國破敗的根本原因在於楚平王的昏暴。因此，伍子胥的鞭屍之舉雖出於個人恩怨，但卻向國人昭示國家民族與君主的地位孰輕孰重。屈原這種強烈的國家民族意識，也是他始終不願離開楚國的思想基礎。其實，屈原在仕途失意之時，考慮過前往他國追求理想：

「思九州之博大兮，豈惟是其有女？」曰：「勉遠逝而無狐疑兮，孰求美而釋女？何所獨無芳草兮，爾何懷乎故宇？」（〈離騷〉）

縱然如此，他至死都沒有背棄自己所眷戀的楚國。戰國時期，與君主同族而另去他國謀職的人並不罕見。如商鞅是衛國公子，韓非是韓國公子，卻皆曾出仕於秦。假如對楚國獨有的文化缺乏認識，的確會覺得屈原不願去國的決定在當時是個異數。然而，了解屈原這種置國家民族於君主之上的意識後，我們會發現：他留在楚國、以身殉國是必然之事。

抑有進者，楚國在文化上雖然視周為落後，卻能不斷地學習中原文化。故此，楚國文化既有獨特的地方色彩，又具備了廣博的襟懷。屈原熟悉中原的思想禮儀、歷史掌故。如在〈天問〉篇中，屈原歷數唐、虞、夏、商、周這些中原王朝的史事，篇幅比例大大超過楚國史事，可見他不僅了解，而且認同中原的歷史文化。這正是楚國文化開放自由、有容乃大之氣象的體現。

屈原，是戰國時期楚國丹陽（今湖北秭歸）人，與楚王同宗。屈原的遠祖，可以追溯到上古時代的帝顓頊高陽氏，顓頊的後裔季連相傳為楚人的始祖。季連之後鬻熊，曾經服事周文王。到了春秋前期，楚武王熊通封其子瑕於屈，後代遂以屈為氏。現存有關屈原生平的材料，除了屈原作品本身之外，比較可信的只有西漢司馬遷《史記・屈原列傳》和劉向《新序・節士》兩處。我們依據這些材料，參酌歷來學者的研究成果，尚可勾勒出屈原生平的概況。

屈原大約出生於楚宣王（前三六九—前三四〇在位）時代的一個寅年寅月寅日，去世於頃襄王（前三二八—前二九九在位）時期，而主要活動時期則在懷王（前三二八—前二九九在位）朝。他出身貴族，接受過良好的教育，故而明於治亂，嫻於辭令。屈原早年深受懷王信任，官至左徒，地位僅次於令尹（令尹相當於北方諸國的宰相之職）。他輔佐懷王改革內政，主張聯齊抗秦，力求楚國在七雄間取得領導地位。屈原的才能和地位招致同列上官大夫的忌妒，他的改革內容也引起既得利益階層的不滿。懷王使屈原擬定憲令，上官大夫看到草稿後意欲奪去，遭到屈原拒絕，於是向懷王進讒。一怒之下，懷王疏遠了屈原，屈原於是來到了漢北。其後，屈原轉任三閭大夫之職，掌管王族昭、屈、景三姓事務，負責宗廟祭祀和貴族子弟的教育。

懷王即位之初，頗思變法圖強，曾經擔任「合縱長」，聯合魏、趙、韓、燕攻秦。為了除去楚國的威脅，秦惠王於懷王十五年（前三〇四）命張儀至楚，買通佞臣靳尚等人，在懷王面前毀謗屈原。懷王中計，屈原被逐出郢都，來到漢北。張儀趁機誘騙懷王與齊國斷交，並允諾割商於之地六百里作為報酬。等到楚、齊絕交後，張儀卻反口說當初允諾的只有六里。懷王受騙後大怒，先後兩度舉兵攻秦（史稱丹陽、藍田之戰），卻皆敗北，還喪失了漢中之地。這時，懷王想起了屈原，令他出使齊國尋求援助，但屈原的努力似乎沒有結果。不久，親秦派勢力再次抬頭。懷王二十四年（前二九五），秦楚盟於黃棘，約為婚姻，懷王還一度遣太子入質秦國。懷王三十年（前二八九），秦昭王約懷王於武關相會。屈原極力勸阻，而公子蘭等人卻不願絕秦之歡，力主懷王入秦。懷王最終被秦扣留，三年後客死秦國。

懷王入秦後，長子頃襄王接位，以公子蘭為令尹。頃襄王七年，與秦結為婚姻，以求苟安。屈原再次被逐，流放江南，沿着長江、夏水向東南走，經過洞庭湖和夏浦，到達陵陽（在今安徽境內）。頃襄王二十一年（前二七八），秦將白起攻破郢都，楚國遷都至陳。這時，屈原心繫故都，又循原路西還，經鄂渚，穿洞庭，入沅江，來到了辰陽、漵浦一帶。次年，秦國攻佔了楚國的巫郡、黔中郡，屈原悲憤莫名，遂自沉於汨羅江。相傳屈原自盡的日子為農曆五月初五，後來人們在這一天包糉子、賽龍舟，就是為了紀念屈原。

五、屈原的思想與《楚辭》

在中國歷史上，春秋戰國是一個學術思想空前自由發達的時代，諸子百家，競起爭鳴。屈原生活於戰國晚期，年代稍晚於孟子、莊子，而比荀子、韓非子稍早。屈原有良好的教育背景，對於北方諸夏文化的經典非常熟悉，並把其內容融入自己的詩篇。如〈離騷〉「皇天無私阿兮，覽民德焉錯輔」與《尚書》「皇天無親，唯德是輔」；〈九歌．東君〉「援北斗兮酌桂漿」與〈詩經．小雅．大東〉「維北有斗，不可以挹酒漿」；〈天問〉「禹之力獻功，降省下土四方」，與〈詩經．商頌．玄鳥〉「禹敷下土方」，內容文字都兩兩相近。非僅如此，從屈原的作品可以看出，他對各家學說都有深入的了解。儒家主張的仁義之道，屈原非常推崇：

重仁襲義兮，謹厚以為豐。（〈懷沙〉）

儒家祖述堯舜，憲章文武，這種思想在屈原的作品中也得到了繼承：

彼堯舜之耿介兮，既遵道而得路。（〈離騷〉）
湯禹儼而祇敬兮，周論道而莫差。（〈離騷〉）

除儒家的先王外，法家所取法的齊桓公、秦穆公等霸主，屈原也表示尊尚：

聞百里之為虜兮，伊尹烹於庖廚。呂望屠於朝歌兮，甯戚歌而飯牛。不逢湯武與桓繆兮，世孰云而知之！（〈惜往日〉）

他在早年助懷王變法，可謂繼軌吳起的法治觀念：

奉先功以照下兮，明法度之嫌疑。國富強而法立兮，屬貞臣而日娭。（〈惜往日〉）

在流離憤懣的放逐之際，屈原的思想一度傾向於道家，希望能夠拋開俗世，超然高舉：

悲時俗之迫阨兮，願輕舉而遠遊。質菲薄而無因兮，焉託乘而上浮？（〈遠遊〉）

綜而觀之，屈原對諸子的思想，無疑是有足夠的認知、理解和接納，但與各家的主張也有不合的地方。比如說，儒家推崇的周公、孔子，屈原作品中從未提及，這與儒家經典如《孟子》、《荀子》等頗為不同。而屈原被流放的事實，也證明他不像商鞅、吳起等法家中人擁有高明的干君之術。至於〈漁父〉一篇，更說明屈原的思想與道家有着不可調和的矛盾。詹安泰說得好：「一個人的思想，並不是孤立絕緣的，在某一個時代裏，各種意識型態都是該時代的社會存在的反映。因之，各種思想都可能起着相互關聯的作用。」[17] 各家的思想學說，對於屈原或多或少都有一些影響。然而屈原畢竟是詩人，而非思想家。要勉強把他劃入某一學派，以求概括他的思想，實不相宜。

屈原的巨製〈離騷〉中，最後兩句是這樣的：

既莫足與為美政兮，吾將從彭咸之所居！

17 詹安泰：《屈原》（上海：上海人民出版社，一九五七年），頁六七。

據王逸《楚辭章句》，彭咸是殷代的賢大夫，因諫君不聽，投水而死。[18]屈原意欲取法彭咸，並非僅因一己之不遇，而是感到「美政」不能在楚國實現，理想破滅之故。何謂「美政」？王逸的解釋是「行美德，施善政」。[19]「美德」、「善政」的內容，一言以蔽之，就是聖君賢臣之治。

儒家主張「君為臣綱」，認為一位國君的道德操守應該是臣下效法的榜樣。國君只有學習堯、舜、文、武這樣的有德先王，施政才會有成效。屈原繼承了儒家這種思想，他的作品對於先王的稱揚，重點就在於他們的德行：

> 彼堯舜之耿介兮，既遵道而得路。（〈離騷〉）
> 湯禹儼而祇敬兮，周論道而莫差。（〈離騷〉）

王逸說：「耿，光也。介，大也。」[20]又云：「殷湯、夏禹、周之文王，受命之君，皆畏天敬賢。論議道德，無有過差，故能獲夫神人之助，子孫蒙其福祐也。」[21]光明正大、畏天敬賢，就是屈原對國君的最高要求。相反，對於古代的暴君，屈原則毫不留情地加以貶責：

---

18 〔漢〕王逸章句、〔宋〕洪興祖補注：《楚辭補注》，頁一三。
19 〔漢〕王逸章句、〔宋〕洪興祖補注：《楚辭補注》，頁四七。
20 〔漢〕王逸章句、〔宋〕洪興祖補注：《楚辭補注》，頁八。
21 〔漢〕王逸章句、〔宋〕洪興祖補注：《楚辭補注》，頁二三。

> 啟〈九辯〉與〈九歌〉兮，夏康娛以自縱。不顧難而圖後兮，五子用失夫家巷。羿淫遊以佚畋兮，又好射夫封狐。固亂流其鮮終兮，浞又貪夫厥家……夏桀之常違兮，乃遂焉而逢殃。后辛之菹醢兮，殷宗用而不長。（〈離騷〉）

夏啟自縱、后羿淫遊、寒浞陰狠、夏桀違道、商紂誅殺忠臣，他們的作為不僅導致家國的破亡，更落得千秋惡名。這些沉重的歷史教訓，屈原也念茲在茲。

屈原推崇的古代君主除了儒家憲章祖述的聖王外，還有齊桓公、秦穆公等法家尊尚的霸主。然而整體而言，屈原政治抱負的基礎還是建立在儒家思想上。舉例來說，從社會發展的角度看來，禪讓制度大概真的在上古時代存在過，而堯舜禹的傳說卻無疑經過儒家的美化、理想化。相反，戰國後期，由於法家思想的盛行，人們逐漸懷疑堯舜禪讓的真實性。如《莊子．盜跖》云：「堯不慈，舜不孝。」[22]《竹書紀年》則謂堯晚年德衰而為舜幽囚，舜晚年又被禹流放至南方。[23]對於這些意見，屈原持反對的態度：

> 堯舜之抗行兮，瞭杳杳而薄天。眾讒人之嫉妒兮，被以不慈之偽名。（〈哀郢〉）

---

22 〔清〕郭慶藩：《莊子集釋》（北京：中華書局，一九七三年），頁九九六。

23 《史記正義》引，見〔漢〕司馬遷：《史記》，頁三〇。

在屈原心目中，堯、舜聖賢之名是不容玷污的。換言之，法家權謀是因時制宜、作為儒家德政之補充的一種舉措。

春秋以來，隨着權臣執政（如晉六卿、齊田氏等）、諸侯兼併，貴族的地位日益下降。沒落貴族將王官的知識帶入民間，而平民因有機會學習知識而得以晉身士大夫階層。戰國以後，北方魏文侯、秦孝公、齊威王、燕昭王、趙武靈王等先後變法成功，稱雄一方。南方的楚國雖早在楚悼王時就任用吳起變法，但卻功虧一簣。究其原因，依然在於楚國獨有的文化傳統。很早開始，楚國的軍政大權就由包括昭、屈、景三族在內的貴族宗室所把持。雖然也有平民登上楚國的政治舞台（如孫叔敖以布衣而為令尹），但為數極少。吳起的變法削減了貴族的利益，自然引起強烈的反對。屈原雖身為貴族，卻欲踵武吳起，繼續變法。而變法初期是頗有成效的（參前引〈惜往日〉「奉先功以照下兮」章）。從屈原的作品中，我們可以知道他固然推重箕子、比干、伯夷、周公、伍子胥這些貴族中的賢能之士，但他更強調要不拘一格地任用人才：

> 說操築於傅巖兮，武丁用而不疑。呂望之鼓刀兮，遭周文而得舉。甯戚之謳歌兮，齊桓聞以該輔。（〈離騷〉）

屈原看重傅說、呂望、甯戚這些平民賢才，無疑就是希望在楚國建設北方那種「處士橫議」的政治生態。進而言之，對於一些大醇小疵之人，屈原也認為要因其才而致其用：

昔三后之純粹兮，固眾芳之所在。雜申椒與菌桂兮，豈惟紉夫蕙茝？（〈離騷〉）

正如明人錢澄之解曰：「椒桂性芳而烈，比亢直之士，非如蕙茝，一味芳馥可親。雜字着眼，惟雜而後可以得純粹也。」[24]無論亢直還是芳馥可親的賢士，屈原對於他們的基本要求乃是一個「忠」字。在他的作品中，「忠貞」、「忠誠」、「忠信」等辭語每每可見，而屈原自己就是一個忠臣的典範。總而觀之，屈原的賢臣觀念與楚國傳統貴族相去何啻霄壤。而上官大夫要奪取屈原的改革憲令文稿，不但出於個人的忌妒，更是為了保障傳統貴族的既得利益。

西周建國後，隨着神權思想的消退，以周公為首的政治家們都反覆強調民本思想。如《尚書》曰：「天視自我民視，天聽自我民聽。」[25]《左傳》曰：「夫民，神之主也。」[26]在屈原的

24 （明）錢澄之：《莊屈合詁．屈詁》（合肥：黃山書社，一九九八年），頁一四六。

25 （唐）孔穎達疏：《尚書正義》（台北：藝文印書館據阮元嘉慶二十年（一八一五）江西南昌學堂刊本影印，一九八九年），頁一五四。

26 （唐）孔穎達疏：《左傳正義》（台北：藝文印書館據阮元嘉慶二十年（一八一五）江西南昌學堂刊本影印，一九八九年），頁一〇九。

「美政」理想中，君德臣忠固然重要，而其終極目的乃是在於民生。這在他的作品中有很清晰的表述：

長太息以掩涕兮，哀民生之多艱。（〈離騷〉）
皇天無私阿兮，覽民德焉錯輔。（〈離騷〉）
瞻前而顧後兮，相觀民之計極。（〈離騷〉）
願搖起而橫奔兮，覽民尤以自鎮。（〈抽思〉）

在屈原看來，為人君、為人臣者，只要能令人民安居樂業，就能成其聖、成其賢。

當然我們也必須指出，屈原的政治抱負雖然遠大，但他政治生命的終結與其本人的性格也有莫大的關係。上官大夫之所以能輕易令懷王疏遠屈原，除了貴族勢力影響、懷王昏庸等因素外，也由於慷慨激昂、抗直不阿的屈原缺乏政治人物應有的周旋能力。因此，屈原的悲劇不在於其個人之浮沉起落，而在於他本身的性格和理想與實際的政治、社會環境之間存在着難以協調的矛盾。

屈原留下的作品有多少?《史記·屈原列傳》提到〈離騷〉、〈天問〉、〈招魂〉、〈哀郢〉、〈懷沙〉五篇。班固《漢書·藝文志·詩賦略》的著錄是「二十五篇」，但卻未有詳言這二十五篇的篇目。[27]王逸《楚辭章句》認為〈離騷〉、〈九歌〉十一篇、〈天問〉、〈九章〉九篇、〈遠遊〉、〈卜居〉、〈漁父〉皆是屈原所作，〈招魂〉為宋玉所作，〈大招〉則謂：「屈原之所作也。或曰景差，疑不能明也」。宋代朱熹亦以〈招魂〉為宋玉所作，又將〈大招〉的著作權歸於景差，恰成二十五篇之數。自此以後，明清兩代對於屈原作品篇目的認知，每有爭議。如周用認為〈九歌〉中的〈湘君〉與〈湘夫人〉、〈大司命〉與〈少司命〉各自應合成一篇，而焦竑認為〈九辯〉為屈原所作，陳深、黃文煥、林雲銘認為二〈招〉皆為屈原作品。到了近代，則有人懷疑〈九章〉中〈橘頌〉、〈惜往日〉、〈悲回風〉等作品乃後人偽造。不過，當今學術界一般認為是屈原手筆的作品包括：〈離騷〉、〈九歌〉、〈天問〉、〈九章〉、〈招魂〉、〈大招〉。至於〈遠遊〉、〈卜居〉、〈漁父〉三篇是否屈原所作，則爭議較大。

班固《漢書．地理志》說：「始楚賢臣屈原被讒放流，作〈離騷〉諸賦以自傷悼。後有宋玉、唐勒之屬慕而述之，皆以顯名。漢興，高祖王兄子濞於吳，招致天下之娛遊子弟，枚乘、鄒陽、嚴夫子之徒興於文、景之際。而淮南王安亦都壽春，招賓客著書。而吳有嚴助、朱買臣，貴顯漢朝，文辭並發，故世傳楚辭。」[28]而同書〈藝文志．詩賦略〉著錄「屈原賦之屬」二十

27 〔漢〕班固：《漢書》，頁一七四七。

28 〔漢〕班固：《漢書》，頁一六六八。

家三百六十一篇，「陸賈賦之屬」二十一家二百七十四篇，「孫卿賦之屬」二十五家一百三十六篇，「雜賦之屬」十二家二百三十三篇。[29]由於漢人辭、賦名稱混用，這些篇章中有不少是楚辭作品，可惜今日大都亡佚了。根據王逸《楚辭章句》及朱熹《楚辭集注》所收錄的篇章看來，今日仍有作品流傳的楚辭作家除了屈原之外，尚有宋玉、景差、賈誼、莊忌、淮南小山、東方朔、王褒、劉向、王逸九位。本書所選作品的作者除屈原外，僅涉及宋玉、景差、賈誼、淮南小山四家。

六、《楚辭》要籍簡介

黃伯思〈校訂楚詞序〉以詩歌作品但凡「書楚語，作楚聲，紀楚地，名楚物」，即可歸入楚辭類。換言之，楚語、楚聲、楚地、楚物，皆可納入楚辭文本、屈原生平二端，傳統楚辭學也以這二端為核心。近人姜亮夫指出，今天的楚辭研究，已經發展成一門綜合多學科研究內

29 〔漢〕班固：《漢書》，頁一七四七－一七五三。

容的專門學問。對於楚辭，除了在文學方面的研究外，很多學者還對它作了許多專題研究，從詮釋文義發展出來的有專門研究楚辭的語音、方言、詞彙，進而到研究它的虛詞使用、文法結構、修辭形式等有關語言學方面的問題；從屈原作品引用到大量香花、草木、蟲魚、鳥獸及所涉及的文物、禮制形成的屈作文物博物的專門研究，在很古以前就有了專門的著作。

屈作的神話，屈作與三楚文化、地理、天文，歷代都有專論。屈原的思想、藝術手法、藝術的發展、文學史上的地位和影響等等，在當代就有更多的研究了。[30]總結姜氏及其他現代學者的意見，楚辭學的內容可以歸納為以下幾方面：（一）楚辭作者生平、思想研究；（二）楚辭作品的詮釋與研究；（三）楚辭體（或稱騷體）文學發展狀況的研究；（四）楚辭文化及其影響的研究；（五）楚辭研究史的研究。自古至今，楚辭學都堪稱「顯學」，歷代楚辭學著作的數量非常龐大，當代之新注更如雨後春筍。不過，無論屈騷的研究者或欣賞者，都應參考王逸《楚辭章句》、洪興祖《楚辭補注》及朱熹《楚辭集注》三種著作，茲逐一簡介之。

（一）漢．王逸《楚辭章句》十七卷

漢代楚辭學著作，首推淮南王劉安《離騷傳》。劉向除編訂《楚辭》外，又有《天問解》。

30 姜亮夫、姜昆武：《屈原與楚辭》（合肥：安徽教育出版社，一九九六年），頁一一九。

其後揚雄亦有《天問解》，班固、賈逵各有《離騷經章句》，馬融有《楚辭注》。然而，這些著作今日悉已亡佚。現存最早而最完整的楚辭學著作，實惟東漢王逸的《楚辭章句》十七卷。王逸根據劉向所編《楚辭》十六卷，加上已作〈九思〉一篇，合為十七卷。漢人章句之學，本供講說與讀本之需，既為專家之學，亦寓普及之義。《楚辭章句》既兼備眾說之體，又要括不繁。書中所錄每一篇都有序文，說明作者生平、創作背景，並解釋題意。然後從訓詁、校勘、釋義、評文等方面，對戰國以迄東漢的楚辭相關資料，全面檢討。由於王逸的原籍——南郡宜城乃故楚之地，他不僅了解楚地方言和與故楚相關的傳聞，對屈騷也抱有極大的崇敬之情。因此，《楚辭章句》除保存、酌採舊說外，一家之言也每每可見，對後世影響深遠。由於漢代經學盛行，王逸又是儒者，故往往用漢儒解經之法來詮釋《楚辭》。就王逸而言，如此方式無疑是為了表達對屈騷的推崇；但屈原終究不是純儒，王逸之說難免扞格難通。這是《楚辭章句》的瑕疵。

（二）宋・洪興祖《楚辭補注》十七卷

洪興祖（一〇九〇—一一五五），字慶善，丹陽人。歷任秘書省正字，太常博士，真、饒知州，因觸犯秦檜而編管昭州。博學好古，尚著有《老莊本旨》、《周易通義》、《繫辭要旨》、《古文孝經序》、《韓文公年譜》、《楚辭補注》、《楚辭考異》等。《宋史》有傳。《楚辭補注》以王逸《楚辭章句》為底本，補缺糾誤，廣徵成說，總結了歷代楚辭研究的成果。又嘗蒐集近二十種《楚辭》本子，精加校讎，作《楚辭考異》。然今流行本中，《考異》已散入《補注》之中，不復單出。洪興祖非常理解、強調屈原的怨忿之情，說：「屈子之事，蓋聖賢之變者。」可見《補注》內容雖以訓詁校讎為主，但洪氏的著作動機卻與南宋初年的政治環境關係甚大。

（三）宋．朱熹《楚辭集注》八卷（附《辯證》二卷《後語》六卷）

朱熹（一一三〇－一二〇〇），字元晦，號晦庵，別號紫陽，徽州婺源人。曾任轉運副使、煥章閣待制兼侍講、秘閣修撰等。仕途坎坷，曾被權相韓侂冑誣為「偽學」。朱熹為著名理學家，著述講學四十餘年，發展二程之說，創立程朱學派，更在元、明、清三代被奉為儒學正宗。傳世著作有《周易本義》、《詩集傳》、《儀禮經傳通解》、《四書章句集注》、《論孟精義》、《四書或問》、《楚辭集注》、《楚辭辯證》、《楚辭後語》等。朱熹注《騷》的動機，一方面是出於對朝政混亂的孤憤，另一方面則是欲將屈騷納入儒學之軌。《楚辭集注》八卷，釐定屈作二十五篇的篇目，題為「離騷」，計卷一〈離騷〉，卷二〈九歌〉，卷三〈天問〉，卷四〈九章〉，卷五〈遠遊〉、〈卜居〉、〈漁父〉。宋玉以下，去〈九懷〉、〈九嘆〉、〈九思〉而補入賈誼〈弔屈原賦〉、〈鵩鳥賦〉，共十六篇為「續離騷」，計卷六〈九辯〉、卷七〈招魂〉、〈大招〉，卷八〈惜誓〉、〈弔屈原〉、〈服賦〉、〈哀時命〉、〈招隱士〉。《辯證》二卷，多為考證歷史和語言的小材料，所論精詳。《後語》六卷，乃據晁補之《續楚辭》、《變離騷》增刪而成，收錄了荀子至呂大臨的辭賦共五十二篇。《後語》僅前十七篇有注，尚未完成。朱熹既是注重義理闡發的理學家，又是著名的詩人。他注《騷》時在文字訓釋方面多參考洪興祖之說，於微言奥意頗有獨見，且嘗試以賦、比、興的寫作手法來分析楚辭作品。元代中葉以後，朱學獨尊，《楚辭集注》在明、清兩代遂成為流傳最廣、影響最巨的楚辭學著作。

七、《楚辭》的現代意義

《楚辭》的文字較為古雅，作品長度一般也超過絕句的篇幅。因此，今天一般大眾對《楚辭》的愛好似乎不及唐詩、宋詞，遑論其作為孩子的啟蒙讀物。然而，《楚辭》和唐詩、宋詞一樣，具有高度的文學性，能使當代讀者滋生永恒不變的審美愉悦。如「路曼曼其修遠兮，吾將上下而求索」體現了對理想之追求的執着；「嫋嫋兮秋風，洞庭波兮木葉下」暈染出淡雅素淨的秋色影像；「悲莫悲兮生別離，樂莫樂兮新相知」深得男女戀情三昧；「美人既醉，朱顏酡些。娭光眇視，目曾波些」如工筆畫出的仕女圖，如是這般令人目不暇給。

其次，《楚辭》文本涉及的面向更是跨學科的。舉例而言，〈天問〉所記載殷商的重要先祖王恆，完全不見於《竹書紀年》、《史記》等書記載，卻能與出土的甲骨文相印證。又如〈湘君〉、〈湘夫人〉二篇，可以讓我們了解虞舜二妃傳說在荊楚大地的演變情況。復如〈招魂〉以傳統宗教儀軌的形式注入新的內容，體現出作者對懷王客死異鄉的痛悼和國家前途的憂思……可以說，無論在歷史、哲學、社會學、政治學、人類學、民俗學、宗教學、神話學乃至自然科學的範疇，《楚辭》都為我們提供了豐富的資訊。

屈原的人格與思想至今仍具有典範意義。如抗戰正酣之際，郭沫若創作歷史劇《屈原》，講述屈原一生的故事，借古諷今，激勵全民的抗日意志。又如一九七二年，香港著名演員鮑方針對大陸市場自編自導自演電影《屈原》，大受歡迎，不僅為大陸荒蕪已久的影業注入了新的生機，更將以《楚辭》為代表的優秀傳統文化重新向內地觀眾引介（至今大陸不少屈原的雕像、畫像皆以鮑方的形象為藍本，可見其影響）。屈原忠君愛國的思想，一向為人津津樂道。誠如淨空法師所論：「『君臣有義』，君是領導者，臣是被領導者，君臣之道也是自然的，君仁臣忠也是德。現在的社會，『君』不一定指帝王，是指老闆跟員工、長官跟部屬的關係，老闆、長官是君，員工、部屬是臣。君仁，就是領導者對被領導者要慈愛；臣忠，就是被領導者對領導者要忠誠。現代社會君臣關係雖有，但精神已喪失了。」而屈原的忠君思想，自然可以給我們一番啟示。東漢班固曾站在儒家的立場批評屈原「顯暴君惡」，即是說屈原因為自己的仕途不遇而揭露君主的短處，不合乎温柔敦厚之旨。實際上，班固的批評正好説明，屈原的忠君並非愚忠。所謂「怨靈修之浩蕩」、「惜壅君之不識」，足見他對楚王忠之深而責之切，視「臣罪當誅兮，天王聖明」式的自怨自艾何啻霄壤！而另一方面，面對令尹子蘭、上官大夫靳尚等讒佞的迫害，他沒有分毫的妥協。在那沒有法律保護、也沒有合理途徑來表達政見、抵制誤國之徒的時代，他選擇以死進諫。司馬遷説：「死有輕於鴻毛，或重於泰山。」屈原重於泰山的死，對於當今的社會風氣，不論委曲求全或動輒輕生，未嘗沒有撥亂反正的效能。

比來香港中華書局籌劃《新視野中華經典文庫》，編列《楚辭》一種，對屈騷的推廣弘揚功不可沒。筆者有幸負責《楚辭》的注釋，亦盡量配合文庫的旨趣，務求導讀、注釋、賞析與點評的平易淺白，並使讀者得以推求詩人文心，獲得審美愉悦。茲就本書編撰的方式略作説明：

(1) 屈原名下之作品一概收入，宋玉以下有所取捨。

(2) 作品異文擇善而從，不復標出。

(3) 文字考訂過程若過於冗長，則僅舉其結論。

(4) 為方便閲讀，前修時賢之成説於必要時方為注出，非敢掠美。筆者管窺之見，亦不一一説明。

筆者學殖荒疏，又復限於時間，本書紕繆定然所在多有。若蒙方家指正，不勝感激之至。

離騷

本篇導讀——

〈離騷〉又稱〈離騷經〉，是屈原的代表作，也是中國古代抒情長詩的始祖和典範。全篇三百七十五句，近二千五百字。《史記・屈原列傳》記載，懷王聽信上官大夫的讒言，一怒之下疏遠屈原。而屈原「疾王聽之不聰也，讒諂之蔽明也，邪曲之害公也，方正之不容也，故憂愁幽思而作〈離騷〉」。據此推算，〈離騷〉應當作於懷王十六年（前三〇五）之後。關於〈離騷〉篇名之義，古今眾說紛紜，大體上可分為幾種：

(1) 遭遇憂患。班固〈離騷贊序〉：「離，猶遭也。騷，憂也。明己遭憂作辭也。」

(2) 離別的憂愁。王逸〈離騷經序〉：「離，別也；騷，愁也；經，徑也。言己放逐別離，中心愁思，猶依道徑以風諫君也。」

(3) 牢騷。《漢書・揚雄傳》謂揚氏「旁〈惜誦〉以下至〈懷沙〉一卷，名曰『畔牢愁』。」

「畔」與「叛」通，「牢愁」即「牢騷」。所以〈畔牢愁〉也即〈反離騷〉，也就是自我寬解，不要牢騷不平之意。

(4) 歌曲的名稱。游國恩說：「〈大招〉云：『楚勞商只』。王逸曰，『曲名也』。按『勞商』與『離騷』為雙聲字……原來是一物而異其名罷了。『離騷』之為楚曲，猶後世『齊謳』、『吳趨』之類。」

(5) 與「愁」告別。錢鍾書認為，「離騷」類似用作人名的「棄疾」、「去病」，或用作詩題的「遣愁」、「送窮」。因為「離」是「分闊」之意，所以「離騷」是「欲擺脫憂愁而遁避之」，而非「因別生愁」。比觀〈離騷〉云「進不入以離尤」，〈山鬼〉云「思公子兮徒離憂」，「離」都解作「遭」、「罹」，並非「離別」的意思。因此，「離憂」當即「遭憂」之義。

從〈離騷〉篇末有「亂辭」這個事實來看，這篇作品與音樂應有關係。〈離騷〉全篇的內容可以分成三大段。從「帝高陽之苗裔兮」到「夫何煢獨而不予聽」為第一大段。作者自述世系生平的不凡、進德修業的理想，對朝政黑暗、奸佞當道表達出莫大的憤懣之情，並寧願獻出生命也決不改變自己的志向、信念與節操。

從「依前聖以節中兮」到「余焉能忍而與此終古」為第二大段。作者幻想自己來到蒼梧之野，向帝舜訴說自己的理想及歷代治亂興衰的教訓；然後又乘車上天，欲見天帝卻遭到天庭守門者的阻攔。見天帝不得，於是幻想能求得美女（隱喻賢妃及政治上的同道者）一起輔理楚國，但三次求女皆以失敗告終。

從「索藑茅以筳篿兮」到篇末是第三大段。作者請靈氛、巫咸占示前程，二人都勸他去國遠遊，尋求更好的際遇。於是作者遠逝自疏，神遊至崑崙西海。正當志愉神馳之際，忽然看見遠方的故國。他想到自己是楚國宗臣，無法去國他適、擇主而事，只能一死以殉國。

〈離騷〉一文結構宏偉、文采絢爛、感情深沉、想像豐富。前半篇以賦體為主，將作者的思想感情娓娓敍來；後半篇善用比興手法，富於浪漫色彩。壯懷逸思躍然栩然，山川風日刻畫入微，神話現實交光互影，香草美人譬喻得宜，營造出一個浩麗惝恍的境界。正如明人桑悅所言：「〈騷經〉一篇，令人讀之撫劍，於數千載下猶若欷歔不盡者。可見屈子孤忠，感人最深。」屈原遺世獨立的貞心亮節，就憑依着這浩麗惝恍的境界，感動了一代又一代的讀者。

帝高陽之苗裔兮[1]，朕皇考曰伯庸[2]。攝提貞於孟陬兮[3]，惟庚寅吾以降[4]。皇覽揆余初度兮[5]，肇錫余以嘉名[6]：名余曰正則兮[7]，字余曰靈均[8]。紛吾既有此內美兮[9]，又重之以修能[10]。扈江離與辟芷兮[11]，紉秋蘭以為佩[12]。汩余若將不及兮[13]，恐年歲之不吾與[14]。朝搴阰之木蘭兮[15]，夕攬洲之宿莽[16]。日月忽其不淹兮[17]，春與秋其代序[18]。惟草木之零落兮[19]，恐美人之遲暮[20]。不撫壯而棄穢兮[21]，何不改乎此度[22]？乘騏驥以馳騁兮[23]，來吾道夫先路[24]！

注釋

1 高陽：五帝之一顓頊，有天下的稱號。苗裔：後代。

2 朕：我。皇：光明。考：先父。

3 攝提：攝提格的簡稱。古人將太陽在天空中的環形路徑稱為黃道，將之劃為十二區，分別稱為困敦、赤奮若、攝提格、單閼、執徐、大荒落、敦牂、協洽、涒灘、作噩、閹茂、大淵獻，後來又以由子至亥的十二地支來編號。而歲星（木星）繞日公轉一周大約為十二年（實為 11.86 年），古人用以紀年。不過由於歲星運行並非均速，公轉一周的年數又非整數，紀年會有所偏差，因此虛擬了太歲一星。太歲方向與歲星相逆，且行速均衡。太歲在攝提格宮，其年便為寅年。貞：正，正當之意。

孟陬（粵：周；普：zōu）：夏曆正月，以十二支計算則為寅月。

4 庚寅：日名。古代以干支紀日，六十日為一輪。降：降生。

5 皇：皇考。覽揆：估量。初度：始生時的器度。

6 肇：開始。錫：賜。嘉名：美名。

7 正：平。則：法。

8 靈：善。均：調。正則、靈均分別為平、原二字的代語。

9 紛：多，作副詞用。內美：內在的美德。

10 修能：長才。

11 扈（粵：戶；普：hù）：披。江離：江邊所生的一種香草，又稱芎藭。辟：通「僻」。茝（粵：只；普：zhǐ）：同「芷」。辟茝指偏僻幽靜處生長的白芷。

12 紉：貫聯。

13 汩（粵：骨；普：gǔ）：水流疾貌，引申為時光逝去如水。

14 與：給。不吾與指不等待我。

15 搴（粵：牽；普：qiān）：拔取。阰（粵：皮；普：pí）：山丘。

16 攬：採摘。宿莽：冬生不死之草。

17 忽：急速。淹：停留。

18 代序：以次相替。

19 惟：感思。

20 美人：有才德的人，屈原自喻。

21 撫壯：趁着壯年。棄穢：拋棄污穢的言行。

22 度：指楚王因循苟且的態度。

23 騏驥（粵：其冀；普：qí jì）：良馬。

24 來：招邀之辭。道：同「導」，引導。先路：前路。

賞析與點評

以上為第一大段的第一層，詩人自述出身、志向，表達出願意為國效力的衷誠。眼見歲月流逝，詩人希望自己與懷王都能把握時光、修德進賢，效力於家國社稷。

昔三后之純粹兮[1]**，固眾芳之所在**[2]**。雜申椒與菌桂兮**[3]**，豈維紉夫蕙茝**[4]**！**

彼堯舜之耿介兮[5]**，既遵道而得路**[6]**。何桀紂之昌披兮**[7]**，夫唯捷徑以窘步**[8]**。**

惟黨人之偷樂兮[9]，路幽昧以險隘。豈余身之憚殃兮[10]，恐皇輿之敗績[11]！忽奔走以先後兮[12]，及前王之踵武[13]。荃不揆余之中情兮[14]，反信讒而齌怒[15]。余固知謇謇之為患兮[16]，忍而不能舍也。指九天以為正兮[17]，夫唯靈修之故也[18]。曰黃昏以為期兮[19]，羌中道而改路[20]。初既與余成言兮[21]，後悔遁而有他[22]。余既不難夫離別兮[23]，傷靈修之數化[24]。

注釋

1 三后：夏禹、商湯、周文王，三代的奠基之君。純：至美。粹：齊同。
2 眾芳：群賢。
3 申：重疊。椒：花椒。菌桂：肉桂。
4 維：通「惟」，只有。蕙：蘭屬，一莖一花為蘭，一莖多花為蕙。
5 堯舜：上古時代的聖君。耿：光明。介：正大。
6 遵道：遵循正途。
7 桀：夏朝末代君主。紂：商朝末代君主。昌披：穿衣不繫帶的樣子，引申為放縱。
8 捷徑：近便而斜出的小路。窘步：步履困窘。
9 黨人：指結黨為奸的群小。偷樂：苟且偷安。

10 憚（粵：但；普：dàn）：畏懼。殃：災禍。

11 皇：君。輿（粵：如；普：yú）：車。皇輿比喻國家。敗績：大敗。

12 忽：匆忙。奔走以先後：指在楚王身邊前後奔走。

13 踵武：足跡。

14 荃：石菖蒲一類的香草，比喻君主。中情：同「衷情」，內心的真情。

15 齌（粵：劑；普：jì）怒：疾怒。

16 謇謇（粵：gin^{2}；普：jiǎn）：直言貌。

17 正：平。指九天以為正乃發誓用語，接近後世所言蒼天作證。

18 靈修：比喻君。

19 期：期約。

20 羌：楚人發語詞。中道：半途。前人多以此兩句為衍文，應刪去。

21 成言：說定。

22 悔遁：反悔逃遁。有他：有了另外的想法。

23 難：恐懼。夫：助語詞。

24 傷：傷心嘆惋。數（粵：朔；普：shuò）：屢次。化：變改。

賞析與點評

以上為第一大段的第二層。詩人首稱古帝王，是希望懷王以其為楷模。不意懷王態度搖擺不定，後來相信小人的讒言，導致詩人見疑遭疏，使他心痛不已。

余既滋蘭之九畹兮[1]，又樹蕙之百畝。畦留夷與揭車兮[2]，雜杜衡與芳芷[3]。冀枝葉之峻茂兮[4]，願俟時乎吾將刈[5]。雖萎絕其亦何傷兮[6]，哀眾芳之蕪穢[7]。眾皆競進以貪婪兮[8]，憑不厭乎求索[9]。羌內恕己以量人兮[10]，各興心而嫉妒。忽馳騖以追逐兮[11]，非余心之所急。老冉冉其將至兮[12]，恐修名之不立[13]。朝飲木蘭之墜露兮，夕餐秋菊之落英[14]。苟余情其信姱以練要兮[15]，長顑頷亦何傷[16]？擥木根以結茝兮[17]，貫薜荔之落蕊[18]。矯菌桂以紉蕙兮[19]，索胡繩之纚纚[20]。謇吾法夫前修兮[21]，非世俗之所服[22]。雖不周於今之人兮[23]，願依彭咸之遺則[24]。

注釋

1 滋：栽培。畹（粵：宛；普：wǎn）：十二畝為一畹。

2 畦（粵：葵；普：qí）：田壟。此處為動詞，指分壟而種。留夷：香草，一說即芍藥。揭車：亦香草名。

3 杜衡：香草名，即馬蹄香。芳芷：即白芷。種植各類香草比喻培養各樣賢才。

4 冀：希望。峻：高大。

5 俟（粵：自；普：sì）：等待。刈（粵：艾；普：yì）：收穫。

6 萎絕：枯萎零落。比喻人才遭受摧抑。

7 蕪：荒。穢：惡。「眾芳蕪穢」比喻人才改易節操，與黨人同流合污。

8 眾：指黨人。競進：爭先恐後地鑽營求進。

9 憑：滿。「憑不厭乎求索」指所得雖滿卻依然貪求無厭。

10 恕：揣度。量：衡量。恕己量人指以己心推度別人。

11 馳騖：馬奔貌。馳騖追逐即上文競進之意。

12 冉冉：下垂貌。老冉冉即老態龍鍾的樣子。

13 修名：美好的名聲。

14 「朝飲木蘭」兩句：極言自己始終高潔脫俗，清白自守。

15 情：精神。信：真誠。姱（粵：誇；普：kuā）：美。練要：精煉要約。

16 顑頷（粵：砍 hɐm^{5}；普：kǎn hàn）：面色飢黃。

17 擥：通「攬」，採摘。木根：香木之根。

18 薜（粵：幣；普：bì）荔：香草名，常綠藤本植物，一名木蓮。

19 矯：舉。

20 索：繩索，此處作動詞，有編結繩索之意。胡繩：香草，莖葉可做繩索。纚纚（粵：徙；普：xǐ）：編索齊整的樣子。

21 謇：句首語氣詞。法：效法。前修：前賢。

22 服：指配戴上文所說的香草，引申為進用。

23 不周：不合。

24 彭咸：殷大夫，諫君不聽，投水而死。

賞析與點評

以上為第一大段的第三層，寫培養的人才全都變質，但自己仍願效法前賢，保持高潔。詩人不僅以種植各類芳草比喻培養大小賢才，還以飲蘭露、餐菊英象徵自己的高潔品格，中國詩歌的香草傳統就從這裏開始。

長太息以掩涕兮[1]，哀民生之多艱。余雖好修姱以鞿羈兮[2]，謇朝誶而夕替[3]。既替余以蕙纕兮[4]，又申之以攬茝[5]。亦余心之所善兮，雖九死其猶未悔[6]。怨靈修之浩蕩兮[7]，終不察夫民心。眾女嫉余之蛾眉兮[8]，謠諑謂余以善淫[9]。固時俗之工巧兮[10]，偭規矩而改錯[11]。背繩墨以追曲兮[12]，競周容以為度[13]。忳鬱邑余侘傺兮[14]，吾獨窮困乎此時也。寧溘死以流亡兮[15]，余不忍為此態也[16]！鷙鳥之不群兮[17]，自前世而固然。何方圜之能周兮[18]，夫孰異道而相安[19]？屈心而抑志兮[20]，忍尤而攘詬[21]。伏清白以死直兮[22]，固前聖之所厚[23]。

注釋

1 太息：歎息。掩涕：掩面拭淚。

2 鞿（粵：機；普：jī）：馬韁。羈：馬絡頭。鞿羈指受到牽連拖累。

3 誶（粵：睡；普：suì）：進諫。

4 纕（粵：雙；普：xiāng）：佩帶。

5 申：加上。與上句謂撤換的原因，是因為自己進德修業而遭人指責。

6 九死：即後文所謂體解，古代的肢解酷刑。

7 浩蕩：水大的樣子，引申為茫然無思慮貌。

8 衆女：比喻群小。蛾眉：女子如蛾鬚般的秀眉，此處引申為美德。
9 謠：毀謗。諑（粵：啄；普：zhuó）：讒誣。
10 工巧：善於取巧。
11 偭（粵：免；普：miǎn）：背棄。錯：同「措」，處置。改錯即改變措施。
12 繩墨：木匠引繩彈墨，以定直線。曲：相對於直線而言，以繩墨的直曲比喻道德的高下。
13 周容：苟合取容。度：法則。
14 忳（粵：屯；普：tún）：煩憂的樣子。鬱邑：憂愁貌。侘傺（粵：岔砌；普：chà chì）：失意的樣子。
15 溘（粵：盒；普：kè）死：忽然死去。
16 此態：指周容苟合之態。
17 鷙（粵：至；普：zhì）鳥：猛禽。不群：不與凡鳥合群。
18 方：指方的榫頭。圜：同「圓」，指圓孔。周：重合。
19 孰：誰。
20 屈：委屈。抑：按捺。
21 尤：過。攘：含。詬：辱。

22 伏：通「服」，保持。死直：為直道而死。

23 厚：重視。

賞析與點評

此為第一大段的第四層，寫奸邪陷害自己，但自己始終不改初志。詩人在前文有「美人遲暮」之句，此處更進一步以美人自擬，以妒女喻讒人。古代以君臣、父子、夫婦為三綱，將君臣關係比喻成夫婦關係，不僅形象生動，也符合當時的思維習慣。

　　悔相道之不察兮[1]，延佇乎吾將反[2]。回朕車以復路兮[3]，及行迷之未遠[4]。步余馬於蘭皋兮[5]，馳椒丘且焉止息[6]。進不入以離尤兮[7]，退將復修吾初服[8]。製芰荷以為衣兮[9]，集芙蓉以為裳[10]。不吾知其亦已兮，苟余情其信芳。高余冠之岌岌兮[11]，長余佩之陸離[12]。芳與澤其雜糅兮[13]，唯昭質其猶未虧[14]。忽反顧以遊目兮[15]，將往觀乎四荒。佩繽紛其繁飾兮[16]，芳菲菲其彌章[17]。民生各有所樂兮，余獨好修以為常[18]。雖體解吾猶未變兮[19]，豈余心之可懲[20]？女嬃之嬋媛兮[21]，申申其詈予[22]。曰：「鮌婞直以亡身兮[23]，終然殀乎羽之野[24]。汝何博謇而好修兮[25]，紛獨有此姱節[26]？薋菉葹以盈室兮[27]，判獨離而不服[28]。衆不可戶說兮[29]，孰云察余之中情？世並舉而好朋兮[30]，夫何煢獨而不予聽[31]？」

注釋

1 相（粵：sœy^{3}；普：xiàng）：視。相道指觀看道路。
2 延：引頸長望。佇（粵：柱；普：zhù）：站立。反：同「返」。
3 復路：走回頭路。
4 及：趁。
5 蘭皋（粵：高；普：gāo）：長滿蘭草的水邊高地。
6 椒丘：長有花椒木的山丘。
7 進：仕進。不入：不被接納。離尤：遭罪。「離」通「罹」。
8 退：歸隱。初服：比喻宿志。
9 芰（粵：技；普：jì）：菱。
10 芙蓉：蓮花。裳：下衣。
11 岌岌：高貌。

12 陸離：明亮閃耀。以上四句以服裝佩飾的芳潔特異來比喻自己高尚出群的德操。

13 芳：服飾的芳香。澤：污垢。雜糅（粵：柔；普：róu）：混雜一處。指自己與群小共處。

14 昭質：清白的本質。

15 遊目：縱目瀏覽。

16 佩：指佩飾。繁：繁盛。

17 菲菲：芬芳的樣子。彌章：益加顯明。

18 好修：喜好修潔。

19 體解：即肢解，古代酷刑。

20 懲：改。

21 女嬃（粵：須；普：xū）：相傳為屈原之姊。楚人謂姊為嬃。一說「嬃」同「須」，有才智之意，故其姊以嬃為名。嬋媛（粵：蟬元；普：chán yuán）：眷戀牽持的樣子。

22 申申：反覆。詈（粵：吏；普：lì）：罵。予：我。

23 鯀（粵：滾；普：gǔn）：大禹之父，因治水不力而被處死。婞（粵：幸；普：xìng）直：剛直。

24 殀（粵：夭；普：yāo）：死。

25 博：廣博，引申為過度。謇：忠直。

26 姱節：美好的節操。

27 薋（粵：詞；普：cí）：蒺藜。菉（粵：錄；普：lù）：王芻。葹（粵：施；普：shī）：蒼耳。三者都是雜草。

28 判：指屈原分離出眾。服：用。

29 戶說：挨戶而說。

30 並舉：互相薦舉，指任人惟親。朋：朋黨。

31 煢（粵：鯨；普：qióng）獨：孤獨。不予聽：「不聽予」的倒裝，即不聽我的話。

賞析與點評

此段為第一大段的第五層，寫詩人自己堅守正道，情願退隱自修，也決不同流合污，屈從世俗。女嬃未必真有其人，女嬃與屈原的對話，可能只是屈原心中兩個自我的交戰。

依前聖以節中兮[1]，喟憑心而歷茲[2]。濟沅湘以南征兮[3]，就重華而敶詞[4]：

啟〈九辯〉與〈九歌〉兮[5]，夏康娛以自縱[6]。不顧難以圖後兮[7]，五子用失乎家巷[8]。羿淫遊以佚畋兮[9]，又好射夫封狐[10]。固亂流其鮮終兮[11]，浞又貪夫厥家[12]。澆身被服強圉兮[13]，縱欲而不忍[14]。日康娛而自忘兮[15]，厥首用夫顛隕[16]。夏桀之常違兮[17]，乃遂焉而逢殃[18]。后辛之菹醢兮[19]，殷宗用而不長。湯禹儼而祗敬兮[20]，周論道而莫差。舉賢才而授能兮，循繩墨而不頗[21]。皇天無私阿兮[22]，覽民德焉錯輔[23]。夫維聖哲以茂行兮，苟得用此下土。瞻前而顧後兮，相觀民之計極[24]。夫孰非義而可用兮？孰非善而可服？阽余身而危死兮[25]，覽余初其猶未悔[26]。不量鑿而正枘兮[27]，固前修以菹醢。曾歔欷余鬱邑兮[28]，哀朕時之不當。攬茹蕙以掩涕兮[29]，霑余襟之浪浪[30]。

注釋

1 節中：節制中和。

2 喟（粵：毀；普：kuì）：嘆。憑：憤懣。歷茲：至此。

3 濟：渡水。沅（粵：元；普：yuán）、湘：皆湖南境內流入洞庭湖的河流。

4 重華：舜名。敶詞（粵：陳；普：chén）：同「陳詞」。

5 啟：禹子，夏代開國君主，相傳曾作客天庭，向天帝進獻三個美女，換得天庭樂舞〈九辨〉、〈九歌〉，然後把二卷偷往人間。

6 夏：即夏啟。康娛：尋歡作樂。自縱：任情恣肆。

7 顧難：考慮禍患。圖後：謀及將來。

8 五子：啟子武觀，曾於夏啟晚年作亂。巷：通「鬨」。家巷即內亂。

9 羿（粵：毅；普：yì）：即后羿，有窮國君，一度推翻夏朝。淫：過度。佚：逸。畋（粵：田；普：tián）：田獵。

10 封狐：大狐。

11 亂流：淫亂之流。鮮（粵：冼；普：xiǎn）：少。終：善終。

12 浞（粵：鑿；普：zhuó）：寒浞，后羿家臣。厥：其。家：妻室。寒浞謀殺后羿，強取羿妻而生澆、豷二子。

13 澆：寒浞長子。被服：穿戴，此處有具備之意。強圉（粵：雨；普：yǔ）：強橫。

14 不忍：不能自制。

15 自忘：忘記自身的危險。

16 首：頭顱。用：所以。顛隕：墜落。

17 違：違背天道。

18 遂焉：終究。

19 后辛：商紂。菹（粵：追；普：jū）：醃菜。醢（粵：海；普：hǎi）：肉醬。菹醢指把人剁成肉醬的酷刑。

20 儼（粵：嚴；普：yǎn）：恭敬莊重。祇（粵：支；普：zhī）：敬。

21 不頗：沒有偏邪。

22 私阿：私心偏袒。

23 民德：指人君的德行。錯：通「措」。「錯輔」指安置輔佐。

24 相觀：察看。計：謀慮。極：終極。

25 阽（粵：店；普：diàn）：臨危。

26 初：初衷。

27 量：衡量。鑿：斧孔。正：削正。枘（粵：銳；普：ruì）：斧柄嵌入斧孔的一端。

28 曾：同「層」，不斷的意思。歔欷（粵：虛希；普：xū xī）：抽噎的聲音。

29 茹：柔軟。

30 浪浪（粵：狼；普：láng）：淚流貌。

賞析與點評

以上為第二大段的第一層。全篇自此以下全為幻想之詞。本層先寫向虞舜陳詞，歷述各代興亡的因由，以及自己選賢授能的主張。虞舜一直是詩人仰慕的聖賢，相傳葬地又在楚境之內；而夏啟以後的事為舜所不及見，詩人因而向他陳詞。

跪敷衽以陳辭兮[1]，耿吾既得此中正[2]。駟玉虬以乘鷖兮[3]，溘埃風余上征[4]。朝發軔於蒼梧兮[5]，夕余至乎縣圃[6]。欲少留此靈瑣兮[7]，日忽忽其將暮。吾令羲和弭節兮[8]，望崦嵫而勿迫[9]。路曼曼其修遠兮[10]，吾將上下而求索。飲余馬於咸池兮[11]，總余轡乎扶桑[12]。折若木以拂日兮[13]，聊逍遙以相羊[14]。前望舒使先驅兮[15]，後飛廉使奔屬[16]。鸞皇為余先戒兮[17]，雷師告余以未具[18]。吾令鳳鳥飛騰兮，繼之以日夜。飄風屯其相離兮[19]，帥雲霓而來御[20]。紛總總其離合兮[21]，斑陸離其上下[22]。吾令帝閽開關兮[23]，倚閶闔而望予[24]。時曖曖其將罷兮[25]，結幽蘭而延佇[26]。世溷濁而不分兮[27]，好蔽美而嫉妒。

注釋

1 敷：展開。衽（粵：任；普：rèn）：衣襟。
2 耿：光明，作副詞用。中正：純正忠直、不偏不倚之道，與上文折中一詞相呼應。
3 駟：古代以四匹馬駕一輛車，稱為駟。此處作動詞用。玉虯（粵：求；普：qiú）：玉色的無角龍。鷖（粵：衣；普：yī）：鳳凰。
4 溘：通「蓋」，引申為凌駕。溘埃風：凌駕於塵埃之風。
5 軔（粵：刃；普：rèn）：固定車輪的橫木。發軔猶言啟程。蒼梧：山名，即九疑山，為舜墓所在。上文謂向帝舜陳詞，故此處從蒼梧出發。
6 縣：通「懸」。神話中的崑崙山相傳有三層：樊間、懸圃、增城。
7 瑣：門上雕紋。靈瑣指神靈宮門。
8 羲和：日御，神話中駕駛日車的人。弭節：停止進度，指駐車。
9 崦嵫（粵：淹資；普：yān zī）：日落處山名。
10 曼曼：通「漫漫」，悠長的樣子。
11 飲（粵：蔭；普：yìn）：讓牲畜喝水。咸池：日出處的池澤。
12 總：結繫。轡（粵：臂；普：pèi）：韁繩。扶桑：日出處的神樹。
13 若木：日落處的神樹，相傳其花在日落後會發出紅光，照耀大地。拂：敲擊。

14 聊：姑且。逍遙、相羊：皆徘徊、徜徉之意。

15 望舒：月神。

16 飛廉：風神。奔屬：隨從於後而奔走。

17 戒：告誡。

18 雷師：雷神豐隆。

19 飄風：旋風。屯：聚集。離：遭遇。

20 帥：率領。雲霓：雲霞。御：迎接。

21 總總：叢簇聚集的樣子。

22 斑：雜色貌。

23 帝閽（粵：昏；普：hūn）：天庭的守門人。

24 倚：倚靠。閶闔（粵：昌；普：chāng）：天門。望予：望着我，指不欲開門。

25 曖曖：不明貌。

26 結：編結。結幽蘭指懷抱芳潔。延佇：長久站立。

27 溷（粵：混；普：hùn）：通「混」。不分：不辨黑白。

賞析與點評

以上為第二大段的第二層，寫詩人參見帝舜後，意欲再向天帝陳詞，卻遇到天庭司閽的阻礙。天上既已如此，人間的渾濁更不足為異。「路曼曼其修遠兮，吾將上下而求索」二句為千古警語，講出任重道遠者面對困阻而依然矢志不渝追求理想的決心。

朝吾將濟於白水兮[1]，登閬風而緤馬[2]。忽反顧以流涕兮，哀高丘之無女[3]。溘吾遊此春宮兮[4]，折瓊枝以繼佩[5]。及榮華之未落兮[6]，相下女之可詒[7]。吾令豐隆乘雲兮，求宓妃之所在[8]。解佩纕以結言兮[9]，吾令謇修以為理[10]。紛總總其離合兮，忽緯繣其難遷[11]。夕歸次於窮石兮[12]，朝濯髮乎洧盤[13]。保厥美以驕傲兮[14]，日康娛以淫遊。雖信美而無禮兮，來違棄而改求。覽相觀於四極兮，周流乎天余乃下。望瑤臺之偃蹇兮[15]，見有娀之佚女[16]。吾令鴆為媒兮，鴆告余以不好[17]。雄鳩之鳴逝兮，余猶惡其佻巧[18]。心猶豫而狐疑兮，欲自適而不可[19]。鳳皇既受詒兮[20]，恐高辛之先我[21]。欲遠集而無所止兮[22]，聊浮游以逍遙[23]。及少康之未家兮[24]，留有虞之二姚[25]。理弱而媒拙兮[26]，恐導言之不固[27]。世溷濁而

嫉賢兮，好蔽美而稱惡。閨中既以邃遠兮[28]，哲王又不寤[29]。懷朕情而不發兮，
余焉能忍而與此終古？

注釋

1 白水：神話水名，發源於崑崙。
2 閬（粵：浪；普：làng）風：即懸圃。緤（粵：泄；普：xiè）：繫。
3 高丘無女：隱喻楚國沒有賢妃。
4 春宮：東方青帝所居。
5 瓊：紅玉。繼佩：增飾佩帶。
6 榮華未落：青春尚未凋殞。
7 下女：指後文的宓妃等人。詒（粵：宜；普：yí）：贈送。指贈禮訂婚。
8 宓（粵：服；普：fú）妃：伏羲女，溺於洛水而死，化為洛神。
9 佩纕（粵：雙；普：xiāng）：繫佩的絲帶。結言：寄意。
10 蹇修：口吃之人。理：媒人。以口吃者為媒，婚事一定難成。
11 緯繣（粵：劃；普：huà）：乖戾。遷：改變。
12 次：舍。窮石：后羿所居之處。

13 濯（粵：鑿；普：zhuó）：洗。洧盤：水名，相傳發源於崦嵫。兩句蓋指宓妃生活之浪漫。

14 保：持，自恃。

15 偃蹇（粵：演 gin^{2}；普：yǎn jiǎn）：高貌。

16 有娀（粵：鬆；普：sōng）佚女：簡狄，帝嚳妃，生契，為殷商始祖。

17 鴆（粵：朕；普：zhèn）：一種鳥，羽毛有毒。

18 佻巧：輕薄巧佞。

19 自適：親往。

20 詒：指聘禮。

21 高辛：帝嚳之號。

22 集：棲止。遠集指到遠處去。無所止：無處可以棲身。

23 浮游：徘徊。

24 少康：夏王。其父帝相為寒浞子澆所殺，少康逃往虞國，國君虞思妻以二女，有田一成，有眾一旅，遂中興夏朝。家：成家。

25 二姚：虞國姚姓。

26 理：媒人。

27 導言：媒人撮合之言。

28 閨中：宮中小門，指所求之女的居所。

29 哲王：聖明之王，指楚王。寤（粵：悟；普：wù）：醒悟。

賞析與點評

以上為第二大段的第三層，寫前往下界求女而不遂。關於求女的象徵，歷來說法不一，有云求賢君、求賢妃、求賢臣、求知音等論點。詩人本為無去國之意的忠臣，除懷王以外不可另求他君。而宓妃、簡狄、二姚等皆為王者配偶，結合當時後宮鄭袖受寵的背景，似仍以求賢妃之說為宜。當然，賢妃秀外慧中的形象，自然也含有同道者及美政的寓意。三次求女的失敗，則象徵詩人對於當前的困局一籌莫展。

索藑茅以筳篿兮[1]，命靈氛為余占之[2]。曰[3]：「兩美其必合兮[4]，孰信修而慕之[5]？思九州之博大兮，豈惟是其有女[6]？」曰[7]：「勉遠逝而無狐疑兮，孰求美而釋女[8]？何所獨無芳草兮[9]，爾何懷乎故宇[10]？」世幽昧以眩曜兮[11]，孰

云察余之善惡？民好惡其不同兮[12]，惟此黨人其獨異[13]！戶服艾以盈要兮[14]，謂幽蘭其不可佩。覽察草木其猶未得兮，豈珵美之能當[15]？蘇糞壤以充幃兮[16]，謂申椒其不芳。

注釋

1 藑（粵：鯨；普：qióng）茅：占卜用的靈草。筳（粵：停；普：tíng）：小折竹。篿（粵：純；普：zhuān）：以茅、筳占卜。

2 靈氛：即《山海經》所載之巫朌，神話中之巫師。

3 曰：靈氛之辭。

4 兩美：指明君賢臣。

5 信修：誠然美好。

6 惟是：只有此處，指楚國。有女：欲求的賢妃。

7 曰：靈氛的再次叮囑。

8 釋：丟開。女：通「汝」。

9 所：處所。芳草：比喻美女、賢妃。

10 故宇：楚國故居。

11 眩曜（粵：玄耀；普：xuàn yào）：惑亂貌。

12 民：普通人。

13 黨人：群小。

14 艾：白蒿，惡草。要：通「腰」。

15 珵（粵：呈；普：chéng）：美玉。珵美即美好。

16 蘇：取。幃（粵：圍；普：wéi）：香囊。

賞析與點評

以上為第三大段的第一層，寫作者向靈氛問卜，靈氛勸作者遠遊以尋求理想。靈氛「豈惟是其有女」、「何所獨無芳草」等語，顯示他認為詩人不必留在楚國，可以如當時社會的游士一般四出干祿，以達成自己的理想。然而詩人並未直接回應，而是繼續指責楚國的亂象，這就暗示他心中根本不願離開故鄉。

欲從靈氛之吉占兮，心猶豫而狐疑。巫咸將夕降兮[1]，懷椒糈而要之[2]。百神

翳其備降兮[3]，九疑繽其並迎[4]。皇剡剡其揚靈兮[5]，告余以吉故。曰：「勉陞降以上下兮[6]，求矩矱之所同[7]。湯、禹儼而求合兮，摯、咎繇而能調[8]。苟中情其好修兮，又何必用夫行媒？說操築於傅巖兮[9]，武丁用而不疑。呂望之鼓刀兮[10]，遭周文而得舉。甯戚之謳歌兮[11]，齊桓聞以該輔[12]。及年歲之未晏兮[13]，時亦猶其未央[14]。恐鵜鴂之先鳴兮[15]，使夫百草為之不芳。」

注釋

1 巫咸：上古神巫。

2 糈（粵：水；普：xǔ）：精米。椒、糈皆為享神的供品。要：通「邀」。

3 翳（粵：縊；普：yì）：掩蓋。備：悉。

4 九疑：九疑山諸神。繽：紛紛。

5 皇：同「煌」，燦爛。剡剡（粵：演；普：yǎn）：光明的樣子。揚靈：顯聖。

6 勉：勉力。陞降、上下：即上下求索之意。

7 矩：畫方形的角尺。矱（粵：wɔk^{9}；普：yuē）：量尺。

8 摯：伊尹。咎繇（粵：救遙；普：gāo yáo）：即皋陶，堯時法官。調：協和。

9 說（粵：悅；普：yuè）：傅說，本為奴隸，後商王武丁聘以為相，中興商朝。築：

木杵。**傅巖**：地名，在今山西平陸。

10 **呂望**：姜太公，曾在朝歌作屠夫，後為周文王舉用。**鼓刀**：振動刀刃，使之發出聲音。

11 **甯**（粵：寧；普：níng）**戚**：春秋時賢人。飼牛時曾叩牛角而歌，齊桓公聞歌而備輔佐。

12 **該**：備。

13 **晏**：晚。

14 **央**：盡。

15 **鵜鴂**（粵：提決；普：tí jué）：伯勞，春分時鳴則眾芳生，秋分時鳴則眾芳歇。

賞析與點評

以上為第三大段的第二層，寫作者向巫咸問卜。與靈氛相比，巫咸更直接列舉前代君臣際合的佳話，勸詩人把握時機，另覓君主效力。

何瓊佩之偃蹇兮[1]，眾薆然而蔽之[2]。惟此黨人之不諒兮[3]，恐嫉妒而折之。時繽紛以變易兮，又何可以淹留？蘭芷變而不芳兮，荃蕙化而為茅。何昔日之芳草兮，今直為此蕭艾也？豈其有他故兮，莫好修之害也[4]！余以蘭為可恃兮[5]，羌無實而容長[6]。委厥美以從俗兮[7]，苟得列乎眾芳。椒專佞以慢慆兮[8]，榝又欲充夫佩幃[9]。既干進而務入兮[10]，又何芳之能祗[11]？固時俗之流從兮[12]，又孰能無變化？覽椒蘭其若茲兮[13]，又況揭車與江離[14]？惟茲佩之可貴兮[15]，委厥美而歷茲[16]。芳菲菲而難虧兮[17]，芬至今猶未沫[18]。和調度以自娛兮[19]，聊浮游而求女。及余飾之方壯兮[20]，周流觀乎上下。

注釋

1 瓊佩：比喻美德。偃蹇：眾盛貌。
2 薆（粵：愛；普：ài）然：隱蔽貌。
3 諒：信。
4 莫好修：不喜自修善德。
5 蘭：隱喻楚懷王少子令尹子蘭。
6 無實：沒有內涵。容：外表。容長指徒有其表。

7 委：遺棄。

8 椒：隱喻司馬子椒。專佞：專橫而善於諂媚。慢慆（粵：滔；普：tāo）：傲慢自大。

9 樧（粵：殺；普：shā）：茱萸，隱喻一般楚國官僚。

10 干、務：皆求意。

11 祗：恭敬，指自重。

12 流從：隨波逐流。

13 若茲：如此。

14 揭車、江離：皆香草，芳香不及椒蘭，比喻才幹略遜一籌者。

15 佩：即上文的瓊佩。

16 委：棄。委厥美指美德見棄於眾人。歷茲：至此地步。

17 虧：歇。

18 沬（粵：妹；普：mèi）：停止。

19 和：和諧。調度：指行走是玉佩相擊的聲音與節奏。

20 壯：盛。余飾方壯比喻年華未老。

賞析與點評

以上為第三大段的第三層，寫詩人眼見楚國讒臣當道、眾人同流合污，幾番猶豫斟酌，終於決定去國出走。

靈氛既告余以吉占兮，歷吉日乎吾將行[1]。折瓊枝以為羞兮[2]，精瓊爢以為粻[3]。為余駕飛龍兮，雜瑤象以為車[4]。何離心之可同兮[5]？吾將遠逝以自疏。邅吾道夫崑崙兮[6]，路修遠以周流。揚雲霓之晻藹兮[7]，鳴玉鸞之啾啾[8]。朝發軔於天津兮[9]，夕余至乎西極。鳳皇翼其承旂兮[10]，高翱翔之翼翼[11]。忽吾行此流沙兮[12]，遵赤水而容與[13]。麾蛟龍使梁津兮[14]，詔西皇使涉予[15]。路修遠以多艱兮，騰眾車使徑待[16]。路不周以左轉兮[17]，指西海以為期。屯余車其千乘兮[18]，齊玉軑而並馳[19]。駕八龍之婉婉兮[20]，載雲旗之委蛇[21]。抑志而弭節兮[22]，神高馳之邈邈[23]。奏《九歌》而舞《韶》兮[24]，聊假日以媮樂[25]。陟陞皇之赫戲兮[26]，忽臨睨夫舊鄉[27]。僕夫悲余馬懷兮，蜷局顧而不行[28]。

注釋

1 歷：選擇。
2 羞：通「饈」，美食。
3 靡（粵：微；普：mí）：屑。粻（粵：章；普：zhāng）：糧。
4 雜：裝飾。瑤：美玉。象：象牙。
5 離心：心志不同。
6 邅（粵：煎；普：zhān）：轉。
7 晻（粵：掩；普：yǎn）藹：遮蔽的樣子。
8 玉鸞：鸞形玉鈴。
9 天津：天河。
10 翼：展翅。旂（粵：其；普：qí）：同「旗」。
11 翼翼：整齊。
12 流沙：西方沙漠。
13 赤水：神話水名，源出崑崙山。容與：自得的樣子。
14 麾：揮。梁津：橋樑。
15 西皇：西方天帝少皞。

16 騰：馳。徑待：在路邊等待。

17 路：路經。不周：神話山名，在崑崙西北。

18 屯：聚集。乘（粵：盛；普：shèng）：量詞，古代一架馬車為一乘。

19 軑：車輪。

20 婉婉：同「蜿蜿」，龍行彎曲的樣子。

21 委蛇（粵：威移；普：wēi yí）：連綿舒展的樣子。

22 志：通「幟」。抑幟指垂下旗幟。

23 邈邈（粵：秒；普：miǎo）：深遠的樣子。

24 《韶》：帝舜時的樂曲。

25 假：借。媮樂：同「愉樂」。

26 陟（粵：即；普：zhì）陞：登上。皇：皇天。赫戲：光明的樣子。

27 臨：居高臨下。睨（粵：魏；普：nì）：斜視。

28 蜷（粵：拳；普：quán）局：詰屈不行貌。

賞析與點評

以上為第三大段的第四層，寫詩人神遊仙界，其樂無窮，最後卻依然眷顧楚國，不忍捨去。

亂曰[1]：已矣哉[2]！國無人莫我知兮[3]，又何懷乎故都！既莫足與為美政兮，吾將從彭咸之所居！

注釋

1 亂：樂曲的卒章。

2 已矣哉：猶言罷了。

3 國無人：指楚國沒有賢士。莫我知：莫知我的倒裝。

賞析與點評

亂詞部分可納入第三大段的第五層，明確陳述了願以死殉國的心志。

九歌

本章導讀——

〈九歌〉的起源可以追溯到夏代初年。根據《山海經》的記載，夏啟到天帝處作客，將天庭樂舞〈九歌〉、〈九辯〉帶回人間，成為夏人的祭祀樂曲。這則神話顯示：夏代的〈九歌〉美妙動聽，令夏人興起「此曲只應天上有」之嘆。一般認為，〈九歌〉為歌曲，〈九辯〉是與之相配的舞蹈，其名為「九」大概與樂章數有關。夏亡後，〈九歌〉的祭禮仍在民間流傳。朱熹指出，楚國沅、湘之間的風俗信鬼而好祠；祭祀時，男女巫師都會歌舞娛神。由於是民間樂曲，因此歌詞鄙俚，不無褻慢荒淫之內容。而《漢書・郊祀志》記載，楚懷王注重鬼神祭祀，希望獲得庇祐以擊退秦師。《楚辭》中的〈九歌〉當即屈原在朝為官時承懷王之命，將這些民間祭祀歌詞改造後的文本。因此，《楚辭・九歌》不僅帶有人神戀愛的浪漫色彩，同時也寄託了屈原忠君愛國的情愫。《楚辭・九歌》共十一篇，包括〈東皇太一〉、〈雲中君〉、〈湘君〉、〈湘夫人〉、〈大司命〉、〈少司命〉、〈東君〉、〈河伯〉、〈山鬼〉、〈國殤〉、〈禮魂〉諸篇，除〈禮魂〉外，大抵每篇祭祀一神。諸神又可分為天神與地祇兩類，前者包括東皇太一、東君、雲中君及二司命，後者則有二湘、河伯、山鬼、國殤。這些神祇既有華夏諸國共同祭祀者，也帶有楚國地方色彩者（如東皇太一、二湘、山鬼等）。〈九歌〉全部篇數不符「九」名的原因，歷來眾說紛紜。比較近理的說法是：〈九歌〉主祀東皇太一，其餘諸神皆為陪祀，〈禮魂〉則是送神曲。除掉首尾兩篇，自〈雲中君〉至〈山鬼〉恰為九篇。實際上，得名於夏代的〈九歌〉在千百年的流傳過程中，祭神樂曲性質如一，樂章篇數和演奏方式卻發生變化，也是很正常的。屈原更製〈九歌〉，大約只採其名，而未必追求名目與篇數的統一了。〈九歌〉諸篇的文辭雅麗而芳潔，情調懇貞而浪漫，千百年來的讀者都能從中獲得審美的愉悅和精神的昇華。

東皇太一

本篇導讀——

東皇太一是先秦時代楚地宗教的主神。古代學者認為此神稱作東皇，是由於祠堂在楚東。許多古老民族皆有太陽崇拜的思想，東皇一名似也透露了此神作為太陽神的來歷。近代以來，亦有學者認為東皇就是伏羲氏。所謂太一，也可寫作太乙，原是先秦哲學的專有名詞，亦即化生萬物的大道、太極或混沌元氣。此神既是主神，自然也被視為造物主、宇宙本源，東皇、太一兩個名號因此就合而為一了。

吉日兮辰良，穆將愉兮上皇[1]。撫長劍兮玉珥[2]，璆鏘鳴兮琳琅[3]。瑤席兮玉瑱[4]，盍將把兮瓊芳[5]。蕙肴蒸兮蘭藉[6]，奠桂酒兮椒漿[7]。揚枹兮拊鼓[8]，疏緩節兮安歌[9]，陳竽瑟兮浩倡[10]。靈偃蹇兮姣服[11]，芳菲菲兮滿堂。五音紛兮繁會[12]，君欣欣兮樂康。

注釋

1 穆：恭謹。愉：娛樂。上皇：對東皇太一的尊稱。

2 撫：握持。珥（粵：耳；普：ěr）：劍柄。

3 璆（粵：求；普：qiú）鏘：玉器相撞的聲音。琳琅：美玉。

4 瑱（粵：鎮；普：zhèn）：同「鎮」，壓蓆的器具，用以鎮住草蓆翹起的四角。

5 盍：同「合」。將：舉。瓊芳：玉色的鮮花。

6 蕙肴：蕙草包裹的祭肉。蒸：進獻。蘭藉：蘭草編成的墊子。

7 奠：進獻。椒漿：花椒浸泡的酒。

8 枹（粵：俘；普：fú）：鼓槌。拊（粵：府；普：fǔ）：敲擊。

9 疏：陳佈。

10 竽（粵：余；普：yú）：古代吹管樂器，有三十六簧。瑟：古代撥絃樂器，有二十五絃。浩倡：高唱。

11 靈：指東皇太一的神靈附在巫師身上。偃蹇：舞姿委婉的樣子。姣服：美麗的服飾。

12 五音：宮、商、角、徵、羽。

賞析與點評

〈東皇太一〉居〈九歌〉之首，可知這位天神的至尊地位。十一篇中，〈東皇太一〉的風格至為莊重，又不失華麗與靈動感。先寫迎接東皇太一之前，祭堂的準備工作，後寫演奏音樂以娛神。不過，從篇末「君欣欣兮樂康」一句可見，這位楚地的主神依然不吝於流露自己愉悅的感情，與後世不苟言笑的玉帝有所不同。

雲中君

本篇導讀——

雲中君即雲神豐隆。江陵天星觀一號墓出土的戰國簡策有雲君之名，當即雲中君。而《史記·封禪書》記載，晉巫祀雲中君，可見此神並非楚國的地方神祇。崇拜雲中君，是為了求雲致雨、霑溉稼穡。本篇以祭祀者的口吻，表達出對雲中君的愛敬，同時也對其忙於公務、無暇饗祭流露出悵惘的深情。

浴蘭湯兮沐芳[1]，華采衣兮若英[2]。靈連蜷兮既留[3]，爛昭昭兮未央[4]。蹇將憺兮壽宮[5]，與日月兮齊光。龍駕兮帝服[6]，聊翱遊兮周章[7]。靈皇皇兮既降[8]，猋遠舉兮雲中[9]。覽冀州兮有餘[10]，橫四海兮焉窮[11]？思夫君兮太息[12]，極勞心兮忡忡[13]。

注釋

1 浴：清洗身體。蘭湯：蘭草熬過的熱水。沐：清洗頭髮。芳：白芷。

2 若英：指衣裳如花朵般明麗。古人祭祀前，先要沐浴更衣，以示虔誠。

3 靈：指雲中君。連蜷：屈曲變化的樣子，形容雲神之靈的動態。

4 爛昭昭：光明的樣子。

5 蹇：楚方言發語詞。憺（粵：淡；普：dàn）：安樂。壽宮：供神的場所。

6 龍駕：以龍駕車。帝服：天帝一般的衣服。

7 周章：徘徊周流的樣子。

8 皇皇：燦爛。

9 猋（粵：標；普：biāo）：迅疾的樣子。遠舉：高飛。

10 冀州：中州，中國的代稱。

11 焉窮：哪有窮盡。

12 夫：限定詞，猶言這個。君：指雲神。

13 勞心：愁煩之心。忡忡：憂慮不安的樣子。

賞析與點評

本篇以與祀女巫的視角展開書寫。全篇先寫美麗的女巫沐浴更衣，迎接雲神的到來。再寫雲神以燦爛輝煌的形象降臨不久，便要離開祭壇，回到雲端，四海奔忙，繼續行使自己的公務。最後以女巫的悵惘幽怨之語呈現出雲神公而忘私的崇高精神。篇中「靈連蜷兮既留」、「猋遠舉兮雲中」、「與日月兮齊光」等描寫，頗能從形態、動靜、光度上把握雲彩捲舒無定、五彩繽紛的特徵。

湘君

本篇導讀——

湘水為楚國境內的大河，其神靈為湘君、湘夫人，又稱湘靈、二湘。據說虞舜南巡而死，二妃娥皇、女英趕至，不幸於洞庭湖遇溺。早在先秦時代，虞舜二妃與二湘的故事已逐漸融合。《山海經》記載洞庭之山：「帝之二女居之，是常遊於江淵。」此帝當為帝堯，其二女即娥皇、女英。秦始皇過洞庭時，有方士告知：湘君為堯女、舜妻。唐代韓愈據此推論：「堯之長女為舜正妃，故曰君，其二女女英，自當降為夫人也。」其後學者多遵從其說。如清代林雲銘繼而認為，〈湘君〉、〈湘夫人〉兩篇皆以祭祀者迎神而不至、前往追尋為主題。游國恩、馬茂元等近代學者認為，〈湘君〉、〈湘夫人〉兩篇的內容每有呼應之處，加上通篇都是思念對方的語氣，如果二神分別為娥皇、女英，那麼〈湘夫人〉只能看成對於〈湘君〉的模仿，而無其獨立存在的價值了。因此，將二湘視為配偶神，湘君為舜，湘夫人為二女，更為適合。不過，〈湘君〉的敍事者顯然是女性，此篇應理解為湘夫人對湘君追尋的過程，而〈湘夫人〉則恰好相反。如今人吳福助所論，湘江基本上是無害水系，沒有大的水害，因此從這兩篇作品中看不出人民對二湘的祈求或畏懼的情緒。而兩篇作品的內容始終以候人不來為線索，表現了一種死生契闊、會合無緣的共同主題。

君不行兮夷猶[1]，蹇誰留兮中洲[2]？美要眇兮宜修[3]，沛吾乘兮桂舟[4]。令沅湘兮無波[5]，使江水兮安流。望夫君兮未來，吹參差兮誰思[6]？

注釋

1 君：湘君。夷猶：猶豫。

2 蹇：發語詞。誰留：為誰而留。中洲：河洲之中。

3 要眇（粵：腰秒；普：yāo miǎo）：美好。宜修：修飾得宜。

4 沛：通暢無阻的樣子。桂舟：桂木所製的船。

5 沅：沅水，與湘水同為湖南境內流入洞庭湖的河流。

6 參差：排簫，因簫管長短不一而得名。誰思：思念誰。

賞析與點評

此為本篇的第一段，寫湘夫人精心裝扮赴約，卻不見湘君前來，於是失望地吹排簫，並懷疑湘君是否另有所歡。

駕飛龍兮北征[1]，邅吾道兮洞庭[2]。薜荔柏兮蕙綢[3]，蓀橈兮蘭旌[4]。望涔陽兮極浦[5]，橫大江兮揚靈[6]。揚靈兮未極[7]，女嬋媛兮為余太息[8]！橫流涕兮潺湲[9]，隱思君兮悱側[10]。

注釋

1 飛龍：龍舟，即前文所言桂舟。征：行。

2 邅：迴旋而行。

3 薜（粵：幣；普：bì）荔：常綠藤本植物，一名木蓮。柏：同「箔」，裝飾。綢：束縛。

4 蓀（粵：孫；普：sūn），香草，一名菖蒲。橈（粵：撓；普：náo），船槳。旌（粵：精；普：jīng）：旗幟。

5 涔（粵：岑；普：cén）陽：楚國城邑，在涔水北岸。極浦：遙遠的河岸。

6 揚靈：顯揚光靈。

7 未極：未至。

8 嬋媛：憂慮牽掛的樣子。

9 潺湲：原意為水流貌，此指淚流不止。

10 隱：心痛。悱（粵：匪；普：fěi）側：同「悱惻」，悵惘憂傷的樣子。

賞析與點評

此為本篇第二段，寫湘夫人久候湘君不至，於是駕舟尋找，卻依然不見蹤影，其深情與執着令侍女也為之唏噓。

桂櫂兮蘭枻[1]，斲冰兮積雪[2]。采薜荔兮水中，搴芙蓉兮木末[3]。心不同兮媒勞[4]，恩不甚兮輕絕[5]。石瀨兮淺淺[6]，飛龍兮翩翩。交不忠兮怨長[7]，期不信兮告余以不閒[8]。

注釋

1 櫂（粵：dzau^{6}；普：zhào）：長槳。枻（粵：曳；普：yì）：短槳。

2 斲（粵：啄；普：zhuó）：鑿。謂船槳前行，激起浪濤，有如冰雪紛飛的樣子。隱喻進程之困頓。

3 芙蓉：荷花。薜荔生於樹梢，芙蓉生於水中。水中求薜荔、樹梢求芙蓉，隱喻與湘君見面之不可能。

4 心不同：不同心，意謂情人心意不同。媒勞：媒人徒勞。

5 恩不甚：恩愛不深厚。輕絕：輕易斷絕。

6 石瀨：石灘上的淺水激流。淺淺（粵：濺；普：jiān）：同「濺濺」，水流急貌。

7 交不忠：交往不忠誠。

8 期不信：約會而不守信用。

賞析與點評

此為本篇第三段，寫湘夫人在繼續尋覓的過程中，對湘君產生猜疑。她開始感歎自己徒勞的愛情，並埋怨、斥責湘君用情不專。

朝騁騖兮江皋[1]，夕弭節兮北渚[2]。鳥次兮屋上[3]，水周兮堂下。捐余玦兮江中[4]，遺余佩兮澧浦[5]。采芳洲兮杜若[6]，將以遺兮下女[7]。時不可兮再得，聊逍遙兮容與[8]。

注釋

1 騁騖（粵：務；普：wù）：奔馳。江皋：江岸。

2 弭節：停止進度，指停船。

3 次：停宿。

4 捐：丟棄。玦（粵：缺；普：jué）：玉珮，形如環而有缺口。

5 遺：亦丟棄。佩：玉珮。澧（粵：禮；普：lǐ）浦：澧水邊。

6 芳洲：芳草叢生的河洲。杜若：香草，一名山薑。

7 下女：侍女。

8 聊：姑且。

賞析與點評

此為本篇第四段，寫湘夫人追尋終日、徒勞無功後，一氣之下將當日定情的玦、佩皆捐棄到江中。然而當情緒逐漸平伏，卻仍心有不捨，於是一邊採摘芳草贈給關心自己的侍女，一邊繼續這甜蜜而苦澀的等待。詩人對於湘夫人的心理刻畫甚為細膩，如期盼尋覓、猶豫猜疑、悲傷嗔怪、自我排解等情態，無不體察入微，搖人心魂。

湘夫人

本篇導讀——

本篇與〈湘君〉珠聯璧合，可說是前者的續篇。全篇以湘君為敘事者，刻畫了他思念湘夫人那種馳神遙望，祈之不來，盼而不見的惆悵心情。此篇整體纏綿悱惻的氣氛與前篇是統一的，但因湘君是男神，故沒有如前篇般大量的心理描寫，而是從湘君的視角道出所見景物皆顛倒錯置、不得其所，道出愛情的失落感；又以大篇幅鋪陳湘君有關「築室水中」的幻想，隱喻其對愛情的期待。最後湘夫人始終不來，湘君只好依然殷勤守候。

帝子降兮北渚[1]，目眇眇兮愁予[2]。嫋嫋兮秋風[3]，洞庭波兮木葉下[4]。登白蘋兮騁望[5]，與佳期兮夕張[6]。鳥何萃兮蘋中[7]？罾何為兮木上[8]？沅有茝兮醴有蘭[9]，思公子兮未敢言[10]。荒忽兮遠望[11]，觀流水兮潺湲。麋何食兮庭中[12]？蛟何為兮水裔[13]？朝馳余馬兮江皋，夕濟兮西澨[14]。

注釋

1 帝子：娥皇、女英為帝堯之女，故稱帝子。渚（粵：主；普：zhǔ）：小島。

2 眇眇：迷茫無所見的樣子。愁予：使我憂愁。

3 嫋嫋（粵：鳥；普：niǎo）：搖曳輕盈的樣子。

4 波：生波。下：落下。

5 白薠（粵：煩；普：fán）：水草名，秋季生長，形似莎草而大。騁望：縱目眺望。

6 佳：佳人，指湘夫人。期：約定。張：陳設、佈置。

7 萃：聚集。蘋：水中的蕨類植物。

8 罾（粵：增；普：zēng）：魚網。鳥本當集於木上，罾原應在水中，比喻所願不得而失其處所。

9 茝：白芷，一種香草。醴（粵：禮；普：lǐ）：同「澧」，即澧水。

10 公子：指湘夫人。

11 荒忽：同「恍惚」，朦朧不清的樣子。

12 麋（粵：眉；普：mí）：麋鹿。庭：庭院。

13 蛟：無角之龍。水裔：水邊。麋本當在曠野，蛟原應處深水，亦如前文喻所處失常。

14 濟：渡水。澨（粵：誓；普：shì）：水岸。

賞析與點評

此為本篇的第一段，寫湘君滿懷愁緒地徘徊於洞庭湖濱，卻不見湘夫人的到來。眼前的一片秋色，在他看來卻皆不得其所，徒增淒涼而已。在精神恍惚中，他彷彿聽到湘夫人的召喚，於是跨上馬駒，四處找尋。

聞佳人兮召予，將騰駕兮偕逝[1]。築室兮水中，葺之兮荷蓋[2]。蓀壁兮紫壇[3]，匊芳椒兮成堂[4]。桂棟兮蘭橑[5]，辛夷楣兮藥房[6]。罔薜荔兮為帷[7]，擗蕙櫋兮既張[8]。白玉兮為鎮，疏石蘭兮為芳[9]。芷葺兮荷屋，繚之兮杜衡[10]。合百草兮實庭[11]，建芳馨兮廡門[12]。九嶷繽兮並迎[13]，靈之來兮如雲[14]。

注釋

1 騰駕：駕車飛騰。偕逝：同往。

2 葺（粵：緝；普：qì）：覆蓋。荷蓋：荷葉築成的屋頂。

3 蓀（粵：孫；普：sūn）壁：以蓀草飾壁。紫壇：以紫貝裝飾的中庭。

4 匊：同「播」，散佈。
5 棟：屋脊柱。橑：屋椽。
6 辛夷：香木名，初春開花，花色白有紅暈，大而清香。楣：門上橫樑。藥房：用白芷鋪於臥房。
7 罔：同「網」，編結。帷：帷帳。
8 擗（粵：癖；普：pì）：剖開。櫋（粵：棉；普：mián）：簷板。既張：已陳設好。
9 疏：分列。石蘭：蘭草的一種。
10 繚：纏繞。杜衡：香草，俗名馬蹄香。
11 合：聚合。實庭：充實庭院。
12 馨：香氣，此處指花草。廡（粵：武；普：wǔ）：走廊。
13 九嶷（粵：疑；普：yí）：山名，舜墓所在。此處指九嶷山神。繽：盛多。
14 靈：即前文所言九嶷山神。

賞析與點評

第二段寫湘君在尋覓的路途中，幻想在水中以奇花異草築起一個美麗的庭園，與湘夫人相會，而九嶷諸神也紛紛前來作客。

捐余袂兮江中[1]，遺余褋兮澧浦[2]。搴汀洲兮杜若[3]，將以遺兮遠者[4]。時不可兮驟得，聊逍遙兮容與。

注釋

1 袂（粵：mai6；普：mèi）：衣袖。

2 褋（粵：碟；普：dié）：內衣。

3 搴：採摘。汀：水中或水邊平地。

4 遠者：指湘夫人。

賞析與點評

最後一段的文字與前篇〈湘夫人〉末段極為相似。不過，如果說前篇湘夫人的捐佩遺玦為一時激憤之舉，則本篇的湘君在失望中卻更為冷靜。他捐袂棄褋，不但要為湘君留下尋覓的提示，也是一種愛意的表現。至於他採下易凋的芳草準備送給湘夫人，更表示他對二人很快重逢是滿懷信心的。

大司命

本篇導讀——

大司命為統司人類生死、掌管生命長短之神。先秦的齊侯壺銘文曰：「辭誓於大辭（司）命，用兩璧、兩壺、八鼎。」足見此神於中原諸國皆崇祀之。唐代《文選五臣注》云：「司命，星名。主知生死，輔天行化，誅惡護善也。」因此，本篇的大司命予人一種驕矜嚴冷的印象。由於此篇為祭神樂歌，屈原將之設置為大司命降臨受祭、巫女殷勤迎接的場景，而全篇以大司命與巫女的道白互相交織，可謂中國戲劇的濫觴。不過詩人創作〈九歌〉，更注入了自己獨到的思想。本篇中，詩人就生死、神鬼問題作了一番反思，而通過對大司命與巫女愛情的書寫，令這番反思深入淺出地展現於讀者眼前。

廣開兮天門，紛吾乘兮玄雲[1]。令飄風兮先驅[2]，使涷雨兮灑塵[3]。君迴翔兮以下[4]，踰空桑兮從女[5]。紛總總兮九州[6]，何壽夭兮在予[7]！高飛兮安翔，乘清氣兮御陰陽[8]。吾與君兮齋速[9]，導帝之兮九坑[10]。靈衣兮被被[11]，玉佩兮陸離[12]。壹陰兮壹陽[13]，眾莫知兮余所為。折疏麻兮瑤華[14]，將以遺兮離居。老冉冉兮既極[15]，不寖近兮愈疏[16]。乘龍兮轔轔[17]，高馳兮沖天。結桂枝兮延竚，羌愈思兮愁人[18]。愁人兮奈何？願若今兮無虧[19]。固人命兮有當[20]，孰離合兮可為？[21]

注釋

1 紛：多。吾：大司命自謂。玄雲：黑雲。

2 飄風：旋風。

3 涷（粵：東；普：dōng）雨：暴雨。以上四句為大司命所唱。

4 君：指大司命。

5 空桑：神話山名。女：同「汝」，巫女稱呼大司命的代詞。以上二句為巫女所唱。

6 紛總總：眾多，指九州之人。

7 壽：長壽。夭：早亡。予：大司命自謂。

8 清氣：天上的元氣。陰陽：陰陽二氣，此處就死生變化而言。以上四句為大司命所唱。

9 吾：巫女自謂。君：指大司命。齊：同「齋」，恭敬。速：敏捷。

10 導：引導。帝：天帝。大司命掌管生死壽夭，實是代行天帝的命令。之：到。九坑：即九州，指人間。以上二句為巫女所唱。

11 靈衣：當為雲衣之誤。被被：同「披披」，長衣飄動的樣子。

12 陸離：絢麗閃爍的樣子。

13 壹陰兮壹陽：指萬物死生變化成的道理。以上四句為大司命所唱。

14 疏麻：神麻，大約是巫師所用的迷幻劑。瑤華：白色的花朵。

15 冉冉：柔弱下垂。老冉冉即老態龍鍾的樣子。極：至。

16 寖（粵：浸；普：jìn）：同「浸」，漸漸。以上四句為巫女所唱。

17 轔轔（粵：輪；普）：車聲。以上二句為大司命所唱。

18 羌（粵：疆；普：qiāng）：發語詞。愈思：加倍思念。

19 若今：像今天一樣。無虧：沒有虧損。

20 固：本來。有當：有定數。

21 孰：誰。為：起作用。以上六句為巫女所唱。

賞析與點評

大司命為男神，故祭祀時以巫女迎之。本篇中巫女有對白、有獨白，而大司命則幾乎全為獨白，渲染出其莊重自持的個性。「廣開兮天門」至「使涷雨兮灑塵」四句為大司命之語，玄雲、飄風、涷雨，襯託出他的嚴肅不苟。「君廻翔兮以下，踰空桑兮從女」兩句為巫女所言，她已看到大司命從天而降，就遠遠追隨在後，即使越過險峻的神山也在所不辭。然而，大司命似乎並未聽見，「紛總總兮九州」至「乘清風兮御陰陽」四句不僅自述職守，還有一絲洋洋自得感。而從「吾與君兮齋速，導帝之兮九坑」兩句可知，大司命在巫女的眼中就是上帝的代言人，她願意畢恭畢敬、迅疾敏捷地引導他，使上帝的意旨施行於九州。大司命此時已感覺到巫女的存在，而「壹陰兮壹陽，眾莫知兮余所為」二句仍是自述其能，並非與巫女的對話，卻也無意間與一種事實相契合：愛情之苗已經暗暗滋生了。然而相知便相離，「折疏麻兮瑤華」至「不寖近兮愈疏」四句中，年輕貌美的巫女不僅勇敢表白，還感到美好的時光正在分毫流逝。當永生的大司命再臨人間，也許巫女早已白髮蒼蒼。然而在她看來，這寶貴而短暫而不可再得的交會只有一次，就足夠了。大司命離去後，巫女在桂樹下久久佇立，黯黯愁生。在愁緒中，她思考着一個問題：堂堂大司命固然可以掌管人壽的長短，但他自己的離合與愛情又由誰來掌管？對於這個疑問，詩人並沒有答案，卻依然令後世的讀者尋思不已，低徊難去。

少司命

本篇導讀——

大司命是掌管生死的男神，少司命則是掌管子嗣的女神。但是與後世的送子娘娘的中年婦女形象相比，少司命顯得更為青春。大司命是莊重嚴肅的男神，少司命是美麗温柔的女神，故前篇之詞莊，本篇之詞媚。與前篇一樣，少司命也忙於自己的司職，無法享用祭品，然而，她甚至連體會愛情的須臾也沒有。本篇雖也富於戲劇性，但除了最後四句外，幾乎都是以主祭的年輕男巫之視角展開書寫，少司命由始至終未發一言。詩人對男巫心情的描繪，從景仰、戀慕、猜疑、想像到最後的醒悟，環環相扣，纖細逼真。而其情緒的波瀾起伏，卻正映照了少司命忠於職守、公而忘私的奉獻精神。

秋蘭兮麋蕪[1]，羅生兮堂下。綠葉兮素枝，芳菲菲兮襲予[2]。夫人兮自有美子[3]，蓀何以兮愁苦[4]？秋蘭兮青青[5]，綠葉兮紫莖。滿堂兮美人[6]，忽獨與余兮目成[7]。入不言兮出不辭，乘回風兮載雲旗[8]。悲莫悲兮生別離，樂莫樂兮新相知[9]。荷衣兮蕙帶，儵而來兮忽而逝[10]。夕宿兮帝郊，君誰須兮雲之際[11]？與

女遊兮九河，衝風至兮水揚波[12]。與女沐兮咸池[13]，晞女髮兮陽之阿[14]。望美人兮未來[15]，臨風怳兮浩歌[16]。孔蓋兮翠旍[17]，登九天兮撫彗星[18]。竦長劍兮擁幼艾[19]，蓀獨宜兮為民正[20]！

注釋

1 秋蘭：蘭草，秋天開淡紫色小花。麋蕪：香草名，又作蘼蕪，一名芎藭，七八月間開白花，根莖可入藥，有益子的功效。

2 襲予：向我侵襲而來。予為男巫自稱。

3 美子：美好的子嗣。

4 蓀：對少司命的愛稱。

5 青青（粵：精；普：jīng）：同「菁菁」，茂盛的樣子。

6 美人：祈神求子的婦女。

7 余：我，男巫自稱。目成：眉目傳情相許。

8 回風：旋風。

9 「悲莫悲」兩句：明人王世貞以此二句為「千古情語之祖」。

10 儵（粵：叔；普：shū）：同「倏」，迅疾。逝：離去。

11 君：指少司命。須：等待。

12 「與女遊」兩句：學者多認為此二句為衍文，係由〈河伯〉篇竄入。然而結合後兩句而玩味之，將這四句全部解為男巫的想像之詞，似無不可。

13 女：汝。咸池：天池，神話中太陽沐浴處。

14 晞（粵：希；普：xī）：曬乾。阿（粵：痾；普：ē）：山窪。陽之阿即陽谷，太陽所出之處。

15 美人：此處指少司命。

16 怳（粵：訪；普：huǎng）：恍惚失意的樣子。浩歌：高歌。男巫所唱止此。

17 孔蓋：孔雀尾羽裝飾的車蓋。旍（粵：晶；普：jīng）：同「旌」，旗幟。翠旍指翠鳥羽毛裝飾的旌旗。

18 撫：按撫。彗星：俗稱「掃把星」，自古被視為災星。撫彗星有掃除災難之意。

19 竦（粵：聳；普：sǒng）：同「聳」，筆直握持。幼艾：兒童。

20 正：主宰。以上四句為眾人所唱。

賞析與點評

少司命不僅掌管子嗣的有無，還是幼兒的保護者，因此先民把她想像成美麗仁愛的女神形象。然而，天下需要保護的兒童何其多，少司命的工作也永無休止。在秋蘭和麋蕪盛開的祭堂，男巫在禱告中寬解女神：「人人都會寶貝自己的孩子，您何必還要如此奔波呢？」當女神不聲不響地終於蒞臨，男巫對她一見傾心。那不經意的四目交投，甚至令他自作多情地以為少司命也芳心暗許了。然而，女神悄然而來，驟然而去，沒有留下一句話，令男巫傷心不已。他感歎道：「最悲莫悲於活生生的別離，最樂莫樂於新鮮鮮的知己！」看到少司命遠上雲端，他不無醋意地問：「你在那裏要跟誰相會呢？」卻又夢想與女神在黃河上乘風破浪，在咸池為她沐髮，然後在日出的山阿把秀髮曬乾……然而男巫知道，這一切都是自己不切實際的癡想，所盼望的少司命根本不會回來，他只能迎着長風，失意高歌。其實，少司命並未趕赴任何約會，她只是繼續辛勤地工作。此時，女神乘着華麗的馬車，在九天之巔鎮撫彗星後，一手抱着嬰兒，一手高持寶劍。那聖潔的風儀令祭堂眾生悄然動容，他們唱道：「惟有你才配作萬民的統領！」整齊的歌聲掩蓋了男巫的深深惆悵。

東君

本篇導讀——

東君即日神。根據古禮，天子朝日於東門之外。早在殷商甲骨文中，便有舉行迎日祭祀的記載。太陽是一切生命的根源，又是光明與正義的化身。因此，本篇在講述從日出到日落的全過程時，着重描繪祭祀場面，以及東君在日落前射殺天狼兇星的兩個片段，以見世人的愛戴之情。全篇首四句、末六句以東君的口吻道白，中段則為第三人稱的旁白。除〈東皇太一〉外，本篇營造的氣氛最為盛大、熱烈。有學者指出東君與雲中君乃一晴一陰互相對應，恰如前面的二湘、二司命及後面的河伯、山鬼般，故本篇原應在〈東皇太一〉與〈雲中君〉之間，所論甚是。

暾將出兮東方[1]，照吾檻兮扶桑[2]。撫余馬兮安驅[3]，夜皎皎兮既明。駕龍輈兮乘雷[4]，載雲旗兮委蛇[5]。長太息兮將上，心低佪兮顧懷[6]。羌聲色兮娛人[7]，觀者憺兮忘歸[8]。緪瑟兮交鼓[9]，簫鐘兮瑤簴[10]。鳴篪兮吹竽[11]，思靈保兮賢姱[12]。翾飛兮翠曾[13]，展詩兮會舞[14]。應律兮合節，靈之來兮蔽日。青雲衣兮白霓裳，舉長矢兮射天狼[15]。操余弧兮反淪降[16]，援北斗兮酌桂漿[17]。撰余轡兮高馳翔[18]，杳冥冥兮以東行[19]。

注釋

1 暾（粵：吞；普：tūn）：初升的太陽。

2 檻（粵：艦；普：jiàn）：欄杆。扶桑：神話樹名，太陽升起之處。

3 安驅：緩步徐行。

4 輈（粵：舟；普：zhōu）：車轅，代指車。

5 委蛇：連綿舒展的樣子。

6 低佪：流連不捨。顧懷：回顧眷戀。

7 羌：發語詞。聲色：聲音與顏色，指祭神的場面。

8 憺：安樂。

9 緪（粵：庚；普：gēng）：繃緊琴絃。

10 簫（粵：肅；普：sù）：當作「橚」，敲擊。瑤：同「搖」。簴：懸掛鐘磬的木架。

11 篪（粵：池；普：chí）：竹管製成的樂器，如笛，有八孔。

12 靈保：指巫師。姱：美好。

13 翾（粵：圈；普：xuān）：鳥類小飛，指舞步輕盈。翠：舞伎頭上的翠羽。曾：通

「翿」，舉翅。

14 展詩：陳詩。會舞：合舞。

15 天狼：星名，主侵略，分野在秦。

16 弧：星名，由九星組成，形狀如弓弧，故名。在天狼星東南，主備盜賊。淪降：降落。

17 援：舉起。

18 撰：握。轡：馬韁。

19 杳（粵：秒；普：yǎo）冥冥：夜色昏暗的樣子。東行：古人想像太陽白天西行，夜裏則在大地背面運行回到東方。

賞析與點評

由於太陽週而復始地經天運行，世界各族的先民皆不約而同地將之想像為一架馬車。如古希臘的日車為一團烈火，為阿波羅（Apollo）所駕馭，而古印度日神蘇利耶（Surya）的造型亦與之類似。至於《山海經》中的羲和既是十日之母，又是日御——即日車的駕駛者。可見日神與太陽的關係是兩位一體的。如此就可以解釋篇首「暾將出兮東方，照吾檻兮扶桑」兩句，為甚麼照耀扶桑的日光似乎並非來自東君，以及中段「靈之來兮蔽日」一句，為甚麼東君與太陽的光源是二不是一了。

本篇可分為三段。第一段包含篇首四句，為東君的獨白，寫東君從容不迫地駕駛日車升空的情形。第二段可分兩層，第一層為「駕龍輈兮乘雷」至「觀者憺兮忘歸」六句，以觀者的語氣描寫日升之態，維妙維肖。古人常以雷聲比喻車輪滾動，此處的雷聲不僅呈現出詩人對東君日車運行的想像，似乎還展現了祭祀者在屏息觀覽日出之際，無聲勝有聲的幻聽。其次，由於大氣的關係，太陽離開地平面時有將上還下的感覺，將之形容為低徊顧懷，極為生動。第二層為「縆瑟兮交鼓」至「靈之來兮蔽日」八句，對祭禮上奏樂、歌唱、舞蹈的盛況，極盡筆墨之能事。末一句「靈之來兮蔽日」，寫東君終於前來饗祭，其體貌之光輝，足以掩蓋日車散發的光芒。第三段包含篇尾六句，轉回東君的獨白。在落日依山、群星漸朗之際，東君不忘舉箭射殺天狼，為民除害，隨後顧盼自若地援斗酌漿，馳翔東歸，準備第二天的行程。行文至此段，句式從前面從容的「三兮二」或「二兮二」轉為緊湊的「三兮三」，不但加強了射天狼之舉的藝術氣氛，還進一步渲染了東君的英雄氣，可謂神來之筆。

河伯

本篇導讀——

河伯即黃河之神馮夷。黃河雖不流經楚國，但楚國王室來自北方，河伯的祭典應是祖傳的禮儀。根據《左傳．哀公六年》，楚昭王有疾，占卜後發現原因是「河為祟」，大夫們懇請以三牲太牢祠河。昭王卻認為諸侯國只祭祀境內的名山大川，而黃河不在楚境，堅持不祭，最後薨逝。昭王「能以禮正祀典」，恰好反證了楚國有祭祀黃河的傳統。這段記載中，河神僅被稱為河，與甲骨文中的稱呼一致。河伯一名，大概是戰國時期才流行起來。本篇描寫了河伯愛情生活的一個片段，與其相戀的女子當也是負責祭典的巫女。全文與〈大司命〉相近，由河伯與巫女的對話所組成，並無旁白。

與女遊兮九河[1]，衝風起兮橫波[2]。乘水車兮荷蓋，駕兩龍兮驂螭[3]。登崑崙兮四望[4]，心飛揚兮浩蕩。日將暮兮悵忘歸，惟極浦兮寤懷[5]。魚鱗屋兮龍堂，紫貝闕兮朱宮[6]。靈何為兮水中[7]？乘白黿兮逐文魚[8]，與女遊兮河之渚。流澌紛兮將來下[9]。子交手兮東行[10]，送美人兮南浦[11]。波滔滔兮來迎，魚鄰鄰兮媵予[12]。

注釋

1 女（粵：乳；普：rǔ）：同「汝」，指河伯。九河：黃河至兗州境分為九道，即徒駭、太史、馬頰、覆鬴、胡蘇、簡、潔、鉤盤、鬲津，故稱九河。

2 衝風：旋風。橫波：波浪橫流。

3 驂（粵：tsam˥；普：cān）：四馬拉車時，兩側的馬稱為驂。螭（粵：痴；普：chī）：無角龍。驂螭以螭為驂。以上四句為巫女所唱。

4 崑崙：山名，黃河發源地。

5 寤懷：日夜懷想。以上四句為河伯所唱。

6 朱：一作「珠」。珠宮即珍珠裝飾的宮殿。

7 靈：神靈，指河伯。以上三句為巫女所唱。

8 黿（粵：元；普：yuán）：大鱉。文魚：有彩斑的魚。

9 澌（粵：斯；普：sī）：溶解的冰塊。以上三句為河伯所唱。

10 交手：分別時執手，以示不忍分離。

11 美人：指巫女。以上兩句為河伯所唱。

12 鄰鄰：一作鱗鱗，密集眾多。媵（粵：認；普：yìng）：原指陪嫁的人，此處引申為陪伴護送。予：我。此二句為巫女所唱。

賞析與點評

據〈天問〉所言，河伯曾被后羿射瞎一目，妻子洛嬪也被后羿搶去。大概由於神話中的河伯捲入了感情糾紛，北方民間祭祀時為了取悅、安撫河伯，便產生了「河伯娶婦」的習俗。楚人雖無所求於黃河，但對河伯的浪漫故事仍不無興趣。故本篇的書寫，依然採用了楚國風俗裏人神戀愛的固有模式。

全篇中，河伯與巫女的對話顯示出二人親密的互動，這與大司命從未正面向巫女講話的情況相去甚遠。前四句為巫女之語，敍述她懷着興奮好奇的心情，由河伯帶引着坐上龍螭並駕的水車，在九河之間乘風破浪。次四句為河伯唱答，場景則置換到崑崙——黃河發源之處，兩人登高四望，心神飛揚，忘卻歸去。然而眼見太陽西斜，兩人很快便要分袂，不禁興盡悲來。河伯感慨良辰無多，正好為下六句中他抓緊時間帶着巫女觀水府、遊河渚張本。次三句為巫女所唱，她來到河伯華麗的水府，詫異地問河伯為何住在水中，足見其稚氣未除的嬌憨。次三句復為河伯唱詞，兩人乘黿逐魚，暢覽河冰解凍時的雄奇景象，這豈是凡人所能遊歷？末四句為河伯與巫女的對唱，道出二人依依惜別之情。

篇中河伯的形象富有溫情，性格爽朗而心思細膩，與其他典籍中蠻橫自大的形象大相徑庭；與東君、雲中君、二司命的勤勞職守相比，河伯似乎安閒而有餘裕。究其緣故，大概正由於河非楚望，距離感使楚人對它產生了美麗的幻想；加上黃河對於楚人來說並無飲用、灌溉、交通等實際功能，故本篇的內容便以無傷大雅的愛情為主題了。

山鬼

本篇導讀——

山鬼以鬼為名，乃因其並非正神。南宋洪興祖以為，山鬼就是古書記載的夔、梟陽一類的山中精怪（亦即今人所說的山魈）。而清代顧成天認為山鬼是巫山神女瑤姬，今人郭沫若更論證本篇「采三秀兮於山間」的「於山」便是巫山。一方面，詩人筆底下的女神美麗多情，與山魈的醜陋可怖大不相同；而另一方面，本篇對山鬼的行止、衣着、扈從等描寫又確然不無陰森之氣；且作為受祭者的山鬼反而對其凡間戀人極盡思慕，與前面各篇的受祭諸神頗異。綜而言之，山鬼的原型當為楚國當地的山中精怪，後來逐漸與巫山神女合流，發展為本篇中的形象。山鬼約會的戀人是誰，自古並無記載。可以推想，當年楚國民間應流傳着一個纏綿悱惻的故事，故詩人取其片段而寫成本篇。本文通篇皆為山鬼的獨白，情節敍述從其赴約備禮、久候不果、採芝蔭柏直到獨立雨夜，心理描摹則由羞澀興奮、惶恐焦灼、心有不甘、百無聊賴直到徹底絕望，情景交融，環環相扣，流暢之中富於波磔。

若有人兮山之阿[1]，被薜荔兮帶女蘿[2]。既含睇兮又宜笑[3]，子慕予兮善窈窕。乘赤豹兮從文狸[4]，辛夷車兮結桂旗[5]。被石蘭兮帶杜衡，折芳馨兮遺所思[6]。余處幽篁兮終不見天[7]，路險難兮獨後來。表獨立兮山之上[8]，雲容容兮而在下[9]。杳冥冥兮羌晝晦[10]，東風飄兮神靈雨[11]。留靈修兮憺忘歸[12]，歲既晏兮孰華予[13]？采三秀兮於山間[14]，石磊磊兮葛蔓蔓[15]。怨公子兮悵忘歸，君思我兮不得閒[16]。山中人兮芳杜若，飲石泉兮蔭松柏。君思我兮然疑作[17]。雷填填兮雨冥冥[18]，猨啾啾兮狖夜鳴[19]。風颯颯兮木蕭蕭，思公子兮徒離憂[20]。

注釋

1 山之阿：山隈。
2 女蘿：蔓生植物。
3 含睇（粵：弟；普：dì）：含情側視。宜笑：露齒巧笑。
4 從：跟從。文狸：毛色有花紋的狸貓。
5 辛夷車：辛夷香木製成的車。
6 遺（粵：胃；普：wèi）：饋贈。所思：所思念的人。
7 余：我，山鬼自稱。幽篁：幽深的竹林。終：終日。

8 表：獨立特出。

9 容容：同「溶溶」，水氣飛動的樣子。

10 晝晦：白晝裏天色昏暗不明。

11 神靈雨：神靈降雨。

12 靈修：指山鬼的戀人。憺：安樂。晏：晚。歲既晏指年華漸老。

13 華予：使我如花朵盛開。

14 三秀：芝草。

15 磊磊：亂石堆積的樣子。葛：爬藤。

16 公子、君：皆山鬼稱呼其戀人。「君思我」句為山鬼猜度之辭。

17 然：相信。然疑作：信疑交織。

18 填填：形容雷聲。

19 猨：同「猿」。狖（粵：又；普：yòu）：黑色長尾猿。

20 離：遭遇。

賞析與點評

本篇可分為三段。首十句為一段，敍述山鬼赴會途中的情狀。她將自己修飾得美麗芬芳，還不忘為戀人帶上花草為禮物。「乘赤豹」一句可見山中女神自有其威勢，與「路險難」一句相映襯，同時又體現了這位女神在愛情面前甘願放下自己的身段。自「表獨立兮山之上」至「君思我兮然疑作」十三句為第二段，敘述山鬼來到約會地點卻不遇所歡，於是擔心自己色衰愛弛，於是採摘靈芝以葆青春。她開始懷疑戀人忘記了約定，又設想對方臨時有事纏身，卻依然放不下心。百無聊賴之下，她只好在石泉松柏間徜徉，心中疑雲益濃。「雷填填」至篇末四句為第三段，寫夜色漸深，山中雷雨大作，猿猴啼叫，風吹樹鳴，景象可哀。而山鬼卻依然守候於黑暗之中，儘管她已徹悟這段愛情是徒勞的。

全篇以「三兮三」的句式為主體，節拍緊湊而文辭韶秀。詩人對於山鬼形象的營造，無論在外表和內心方面，無疑皆以凡人為藍本。如一句「歲既晏兮孰華予」，不但恰與〈離騷〉的「恐美人之遲暮」互為鏡影，還讓人感到戀愛中的女神跟凡人一樣，害怕自己年華老去——縱使神仙是長生不老的。如此方能引起讀者的強烈共鳴。我們固然不應將本篇膠柱鼓瑟地強解為屈原自憐處境之作，但山鬼的窈窕宜修、堅貞不渝，卻正與詩人的精神與品格有相通處。如果說詩人在創作本篇時滲入了自己的情感，應該距離事實不遠矣。

國殤

本篇導讀——

清儒戴震指出，「殤」有二義：其一為男女未冠笄而死者，其二為在外而死者。而「國殤」則指死於國事者，與前二義又有區別。楚懷王十七年（前三一三）春，秦楚爆發丹陽之戰，楚軍大敗，斬首八萬，將軍屈匄等七十餘人被俘，喪失漢中地六百里。懷王大怒，又增發軍隊襲秦，大戰於藍田，依舊敗績，割兩城。此次戰爭後，楚國國力一蹶不振。屈原創作此篇，不僅為了哀悼丹陽、藍田之戰的陣亡將士，更希望激勵全國軍民存楚抗秦。全篇僅描寫戰爭過程和戰後慘況，沒有祭祀場面和巫者的出現，也沒有對白，氣氛崇高而悲壯肅穆。

操吳戈兮被犀甲[1]，車錯轂兮短兵接[2]。旌蔽日兮敵若雲，矢交墜兮士爭先。凌余陣兮躐余行[3]，左驂殪兮右刃傷[4]。霾兩輪兮縶四馬[5]，援玉枹兮擊鳴鼓[6]。天時懟兮威靈怒[7]，嚴殺盡兮棄原壄[8]。

注釋

1 操：拿着。吳戈：吳國所產的戈最為鋒利，故稱吳戈。被：通「披」。犀甲：犀牛皮製作的鎧甲。

2 轂（粵：谷；普：gǔ）：車輪中心穿插承輻之處。車錯轂指戰況激烈時，兵車輪輻交錯。短兵：刀劍一類的短兵器，與弓矢一類的長兵器相對。短兵相接，表示兩軍進入貼身肉搏的階段。

3 凌（粵：零；普：líng）：侵犯。陣：陣隊。躐（粵：獵；普：liè）：踐踏。行：行列。

4 左驂：戰車四馬中左起第一匹。殪（粵：意；普：yì）：死。右：指右驂。刃傷：為兵刃所刺傷。

5 霾（粵：埋；普：mái）：同「埋」。霾兩輪指車輪陷入泥中。縶（粵：執；普：zhí）：捆綁、絆倒。縶四馬指馬韁糾纏在一起，無法解開。

6 援：握持。枹（粵：俘；普：fú）：鼓槌。此謂不因戰敗而氣餒，依然鳴擊戰鼓，以振士氣。

7 天時：天意。懟（粵：隊；普：duì）：怨。威靈：威嚴的神靈。意指戰況激烈，使得天怨神怒。

8 嚴殺：酣戰廝殺。壄（粵：野；普：yě）：同「野」。棄原野指骸骨委棄於沙場。

出不入兮往不反[1]，平原忽兮路超遠[2]。帶長劍兮挾秦弓[3]，首身離兮心不懲[4]。誠既勇兮又以武[5]，終剛強兮不可凌。身既死兮神以靈[6]，魂魄毅兮為鬼雄[7]。

注釋

1 出不入兮往不反：謂戰士一去不返、視死如歸。

2 忽：遠，指原野遼闊無際。超：通「迢」。

3 挾（粵：協；普：xié）：攜拿。秦弓：秦地所造的弓因射程遠著稱，故名秦弓。秦楚交戰，此處秦弓當非楚軍裝備，而是搏鬥時擄掠而來。

4 首身離：身首異處，指戰死。懲：戒慎恐懼。不懲指毫無畏懼。

5 誠：誠然。

6 神以靈：魂魄成神，靈驗顯赫。

7 鬼雄：鬼中英雄。

賞析與點評

本篇分為兩段，首段為前十句，末段為後八句。首段描寫楚軍在與秦軍貼身肉搏的戰鬥中，奮勇殺敵，卻終因不敵而全軍覆沒。末段描寫棄屍荒野的情狀，並在篇末頌揚陣亡將士死為鬼雄。詩人以高超的筆墨和精煉的篇幅描繪出一場殊死戰爭的過程。在戰爭中，楚軍的士兵即使處於下風，卻依然鬥志昂揚，擊鼓壯威，毫無懼色。戰爭完畢後，戰場上的楚軍遺體身首異處者比比皆是，有的持着寶劍，有的手上還拿着從秦軍處奪來的弓弦，靜臥於廣漠肅殺的荒野之上，令人痛心疾首。然而勇士不忘喪其元，詩人對於這些義無反顧、為國捐軀的烈士給予了至高的讚美。他們的魂魄神聖不可侵犯，他們的精神永遠不會消殞，激勵着一代又一代的後人。在綺靡傷情、嫵媚芬芳的〈九歌〉諸篇中，本篇可謂別樹一格。全篇不用比興，直賦其事，深沉凜烈而充滿雄健之力，在當今仍然令人慷慨動容，不能自已。

禮魂

本篇導讀——

東漢王逸謂〈禮魂〉為以禮善終者，似乎與前篇強死的〈國殤〉恰好相對。然而本篇與前十篇的最大不同在於主祀之神的形象並不明顯，且篇幅短小，觀其內容復有曲終之意。故明人汪瑗認為，本篇為前十篇的亂詞，每篇歌畢都會續以此歌。禮魂之「魂」字，是概括前面的天神、地祇、人鬼而言之，其說甚是。

成禮兮會鼓[1]，傳芭兮代舞[2]。姱女倡兮容與[3]。春蘭兮秋鞠[4]，長無絕兮終古。

注釋

1 成：通「盛」。會：交集。

2 芭：通「葩」，花。代：替代。代舞指更迭舞蹈。

3 姱女：美麗的女子。倡：同「唱」。容與：從容自得。

4 鞠：通「菊」。

賞析與點評

本篇僅有五句，卻展示出大小、急緩、今古等幾組對比，富於藝術的張力。前半的寥寥三句，便渲染出祭禮的宏大繁盛，而後半的春蘭秋菊卻聚焦於舞女所傳之芭，此為大與小的對比。鼓聲是嘈雜急促的，而舞姿則是嫻雅柔美的，此為急與緩的對比。當下的花團錦簇，令人想到如斯祭禮要永遠繼承下去，此乃古與今的對比。從宏觀的祭禮空間，縮小至微觀的花朵，再擴展至宏觀的歷史時空，更令讀者有收放自如、尺幅千里之嘆。清人王遠曰：「無絕終古，言魂得長享之也。屈子蓋憂楚之不祀，而致意於篇終如此。」國之大事，在祀與戎。祭禮的延續與社稷關係至巨，一句「無絕終古」，要表達的不只是對神鬼的虔敬，更是對楚國國運的祝願與深思！

天問

本篇導讀——

〈天問〉是屈原作品中的第二首長詩，全詩共三百七十四句，一千五百餘字。其句式基本以四言為主，全篇不用「兮」字，卻參差錯落，奇矯活突，是屈原作品中的又一楷式。作者對天、地、人各方面提出了一百七十多個問題，表現出對宇宙萬物的深刻思考。

〈天問〉中並沒有放逐的痕跡，只是抒發了一些憤懣和失意的情緒，大概作於懷王十五年以後，屈原自疏於漢北期間。王逸〈天問序〉指出，屈原看到楚國的先王廟和公卿祠堂中有天地山川神靈和古代賢聖怪物的壁畫，琦瑋譎詭，於是隨處題壁而問，以舒瀉憤懣愁思。漢北為楚人故地，有先王之廟及公卿祠堂是很自然的。清初李陳玉認為，〈天問〉可分作三大段：自「遂古之初」至「曜靈安藏」為上段，問天上事許多不可解處；自「不任汩鴻」至「烏焉解羽」為中段，問地上事許多不可解處；自「禹之力獻功」至「忠名彌彰」為後段，問人間事許多不可解處。而明人周用則認為：「〈天問〉是因先以天為問，故以命篇，非以通篇為問天也。」整體看來，屈原就天上、地下的許多不可解之事發問，雖有窮理的意味，但主要還是為了替第三段作鋪墊，故第三段的篇幅也遠較前兩段為巨。清人林雲銘以為此篇是「以三代之興亡作骨」，亦即對歷史和人事的省思與感歎，可謂肯綮之言。

曰：遂古之初[1]，誰傳道之[2]？上下未形[3]，何由考之？冥昭瞢闇[4]，誰能極之？馮翼惟像[5]，何以識之？明明闇闇，惟時何為[6]？陰陽三合[7]，何本何化[8]？圜則九重[9]，孰營度之[10]？惟茲何功[11]，孰初作之[12]？斡維焉繫[13]，天極焉加？八柱何當[14]，東南何虧[15]？九天之際[16]，安放安屬？隅隈多有[17]，誰知其數？天何所沓[18]？十二焉分[19]？日月安屬[20]？列星安陳[21]？出自湯谷[22]，次于蒙汜[23]。自明及晦，所行幾里？夜光何德[24]，死則又育？厥利維何[25]，而顧菟在腹[26]？女岐無合[27]，夫焉取九子？伯強何處[28]？惠氣安在[29]？何闔而晦？何開而明[30]？角宿未旦[31]，曜靈安藏[32]？

注釋

1 遂古：遠古。遂，通「邃」，遠。

2 傳道：傳說。

3 上下：天地。未形：尚未成形。

4 冥：暗。昭：亮。瞢（粵：蒙；普：méng）：視線不明。闇：同「暗」。

5 馮（粵：憑；普：píng）翼：元氣瀰漫的樣子。像：形象。

6 時：是。何為：為何。

7 三：同「參」，錯雜。

8 本：本體。化：變化。

9 圜：同「圓」，指天。古人以為天有九重。

10 營度：圍圈測量。

11 茲：此。

12 作：創造。

13 斡維：旋轉的繩索。古人以為天體旋轉如車輪，中軸繫有繩索。

14 八柱：相傳地面有八根柱子支撐天空。當：支撐。

15 虧：陷缺。中原地勢西北高而東南低，故云。

16 九天：古人將天分為九個區塊，包括中央天和其餘八方天。
17 隅：角落。隈：彎曲。古代認為天有九千九百九十九隅。
18 沓：會合，謂天在何處與地會合。
19 十二：古人稱太陽在天空運行的軌跡為黃道，且將黃道分為十二等份。
20 屬：依附。
21 陳：陳列。
22 湯谷：即暘谷。
23 蒙汜（粵：似；普：sì）：傳說日落之處。
24 夜光：月亮。
25 厥：其，指月亮。
26 顧菟（粵：兔；普：tù）：蟾蜍。古人將月亮的斑影想像為蟾蜍。一說菟即兔。意謂月亮有何好處，而將蟾蜍懷在腹中。
27 女歧：神話人物，相傳無夫而生九子。合：匹配。
28 伯強：即禺強，北方風神，其風能傷人。
29 惠氣：春日和暢之氣。
30 何闔而晦？何開而明：什麼門關上就是黑夜，什麼門開啟就是白晝。指天門。

31 角宿：二十八宿之一，有兩星，早晨位於東方，兩星之間相傳為天門。

32 曜（粵：耀；普：yào）靈：太陽。此句意謂天亮以前，太陽藏在哪裏。

賞析與點評

此為〈天問〉前段，作者就宇宙的誕生、天地的形成、日月星宿的運行、四季的輪替等自然現象提出了疑問。人類在童年時代，往往把許多不可思議的宇宙自然現象解釋為天神的所作所為。然而，屈原卻以冷峻的筆調，點出了許多神話傳說中的不合理處。這在巫風依然熾盛的楚國，實有振聾發聵的意義。

不任汩鴻[1]，師何以尚之[2]？僉曰何憂[3]，何不課而行之[4]？鴟龜曳銜[5]，鯀何聽焉？順欲成功[6]，帝何刑焉[7]？永遏在羽山[8]，夫何三年不施[9]？伯禹愎鯀[10]，夫何以變化？纂就前緒[11]，遂成考功[12]。何續初繼業，而厥謀不同[13]？洪泉極深[14]，何以寘之[15]？地方九則[16]，何以墳之[17]？應龍何畫[18]？河海何歷[19]？鯀何所營？禹何所成？康回馮怒[20]，墜何故以東南傾[21]？九州安錯[22]？川谷何

洿[23]？東流不溢，孰知其故？東西南北，其修孰多[24]？南北順橢[25]，其衍幾何？崑崙縣圃[26]，其凥安在[27]？增城九重[28]，其高幾里？四方之門[29]，其誰從焉[30]？西北辟啟[31]，何氣通焉？日安不到？燭龍何照[32]？羲和之未揚[33]，若華何光[34]？何所冬暖？何所夏寒？焉有石林？何獸能言[35]？焉有虯龍、負熊以遊[36]？雄虺九首[37]，儵忽焉在？何所不死？長人何守[38]？靡蓱九衢[39]，枲華安居[40]？靈蛇吞象[41]，厥大何如？黑水玄趾[42]，三危安在[43]？延年不死，壽何所止？鯪魚何所[44]？鬿堆焉處[45]？羿焉彈日[46]？烏焉解羽[47]？

注釋

1 不任：無法勝任。汩（粵：骨；普：gǔ）：治水。鴻：同「洪」，洪水。

2 師：眾人。尚：薦舉。

3 僉：皆。

4 課：試用。意謂堯並不贊成鯀治水，而眾人極力薦舉，為何不先試用一下？

5 鴟（粵：痴；普：chī）：鴟鴞，貓頭鷹。曳：牽引。銜：銜接。蓋指鯀治水時，有鴟、龜牽引銜接，助鯀築堤防水。

6 順欲：順從眾人的期望。

7 帝：帝堯。刑：指將鯀處死。

8 遏（粵：押；普：è）：囚禁。羽山：鯀流放處。

9 施：釋放。

10 愎：當作「腹」。相傳鯀被處死後，屍體三年不腐，以刀剖腹，大禹便從中出生。

11 纂（粵：dzyn²；普：zuǎn）：繼承。緒：事業。

12 考：先父，指鯀。

13 謀：治水方法。

14 泉：當作淵。洪淵即大深淵。

15 寘（粵：田；普：tián）：同「填」。

16 九則：九等。禹劃分九州，將各州土地分為九等。

17 墳：劃分。

18 應龍：有翼龍。

19 歷：經過。據說應龍以尾畫地，便成江河，流入大海。

20 康回：水神共工。憑怒：大怒。

21 墬（粵：地；普：dì）：古「地」字。相傳共工與顓頊爭為帝，失敗後怒觸天柱不周山而死，導致天傾西北，地不滿東南。

22 錯：通「厝」，安置。
23 洿（粵：烏；普：wū）：深。
24 修：長。其修孰多，謂大地東西距離與南北距離，哪個較長。
25 橢：狹長。古人認為大地南北距離略短於東西距離。
26 縣：同「懸」。懸圃，一作玄圃，相傳在崑崙山頂，有金台玉樓，為眾神所居。
27 凥（粵：居；普：jū）：處，指居所。
28 增城：神話地名，在懸圃，即崑崙最高處。
29 四方之門：指崑崙山上四面八方的門。
30 從：經過。據說各方的風皆由崑崙諸門出入。
31 辟：同「闢」，辟啟即開啟。相傳西北風名為不周風，即由崑崙西北門出入。
32 燭龍：神話中的神仙，居於西北海外，人面蛇身而赤色，以目照明，睜眼為晝，閉目為夜。
33 羲和：日御，神話中駕駛日車的人。揚：指揚鞭。
34 若華：若木的花。相傳若木生於崑崙以西、日落之處，日落後，若木的花就會發出紅光，下照大地。
35 何獸能言：古代傳說猩猩能言。

36 虬龍、負熊：虬龍負熊的故事今不可考。

37 虺（粵：毀；普：huǐ）：毒蛇。

38 長人：巨人，指防風氏。傳說防風氏為夏禹時的諸侯，高三丈，守封、嵎二山。

39 靡萍（粵：平；普：píng）：蔓生的萍草。九衢（粵：渠；普：qú）：指萍草有許多分枝。

40 枲（粵：徙；普：xǐ）華：大麻的花。

41 蛇吞象：相傳巴蛇食象，三年才吐出象骨。

42 黑水：相傳發源於崑崙西北隅。玄趾：或為交趾之訛，交趾即今越南。

43 三危：神話中的地名，在黑水南。據說黑水、三危等處皆產不死藥。

44 鯪魚：傳說中的怪魚，人面人手而魚身，見則有風浪。

45 鬿堆（粵：奇追；普：qí zhuī）：一作鬿雀，又作鬿雀，一種食人鳥，白首鼠足。

46 羿：帝堯時諸侯，射日英雄。彈（粵：畢；普：bì）：射。

47 烏：金烏，即傳說日中的三足烏。

賞析與點評

此為〈天問〉的中段，內容從天上轉到地下，以尋繹神話傳說的原來面貌，主要涉及的是家喻戶曉的洪水故事。屈原論述的動機大體可分為兩方面。其一是反映人類對大自然百折不撓的抗爭，如鯀禹父子在長期治水的實驗中逐漸將傳統的堵塞法更新至疏導法，終於紓解了民困。其二則反映了人事的紛爭，如鯀的失敗被殺非僅治水不力，而是與天帝發生齟齬（包括《山海經》所言鯀沒有得到天帝允許而盜取息壤）。這無疑是為關於治亂興衰的後段張本了。

禹之力獻功[1]，降省下土四方[2]。焉得彼嵞山女[3]，而通之於台桑[4]？閔妃匹合[5]，厥身是繼[6]。胡為嗜不同味[7]，而快鼂飽[8]？啟代益作后[9]，卒然離蠥[10]。何啟惟憂[11]，而能拘是達[12]？皆歸射鞫[13]，而無害厥躬[14]。何后益作革[15]，而禹播降[16]？啟棘賓商[17]，〈九辯〉〈九歌〉。何勤子屠母[18]，而死分竟地[19]？帝降夷羿[20]，革孽夏民[21]。胡射夫河伯[22]，而妻彼雒嬪[23]？馮珧利決[24]，封豨是射[25]。何獻蒸肉之膏，而后帝不若[26]？浞娶純狐[27]，眩妻爰謀[28]。何羿之射革[29]，而交吞揆之[30]？阻窮西征[31]，巖何越焉？化為黃熊[32]，巫何活焉？咸播秬黍[33]，莆雚是營[34]。何由并投[35]，而鯀疾修盈[36]？白蜺嬰茀[37]，胡為此堂[38]？安得夫良藥，不能固臧[39]？天式從橫[40]，陽離爰死[41]。大鳥何鳴[42]，夫焉喪厥體[43]？萍號起雨[44]，何以興之？撰體脅鹿[45]，何以膺之[46]？鼇戴山抃[47]，何以安之？釋舟陵行[48]，何以遷之？惟澆在戶[49]，何求于嫂？何少康逐犬[50]，而顛隕厥首[51]？女歧縫裳[52]，而館同爰止。何顛易厥首[53]，而親以逢殆[54]？湯謀易旅[55]，何以厚之[56]？覆舟斟尋[57]，何道取之[58]？桀伐蒙山[59]，何所得焉？妹嬉何肆[60]，湯何殛焉[61]？

注釋

1 力獻功：勤力進獻事功，指勤於治水。大禹被視為天神，故稱降。
2 省：察看。下土四方：即人間。
3 嵞（粵：途；普：tú）山：即塗山。禹治水途中與塗山氏之女結合。
4 通：私通。大禹與塗山氏的結合大約並非明媒正娶。台桑：桑間野地。
5 閔：愛憐。妃：配偶。匹合：結合。
6 身是繼：指繼承後嗣。
7 嗜不同味：口味不同，指禹和塗山氏的種族文化有差異。
8 鼂（粵：招；普：zhāo）：同「朝」，早上之意。飽：當作飢，朝飢，性慾不遂的隱語。

9 啟：大禹與塗山氏之子，夏代開國君主。益：即伯益，禹臣，被禹指定為王位繼承者。后：國君。

10 卒然：最終。離：同「罹」，遭遇。蠥（粵：葉；普：niè）：災殃。禹去世後，伯益繼立，啟在眾人的支持殺伯益而奪取王位。

11 惟：當作「罹」，遭遇。

12 拘是達：「達是拘」的倒裝，從拘禁中逃脱。伯益即位後，曾拘禁啟，啟卻順利脱身。

13 射鞠：謹敬之意，指啟、益二人都以謹敬為依歸。

14 無害厥躬：厥躬無害的倒裝，謂兩人本身並無劣跡。

15 作革：更替變革。

16 播降：留下後代，指禹的後代繁衍昌盛。

17 棘：急切。賓：同「嬪」。商：當為帝字之訛。據説夏啟向天帝進獻三個美女，換得天庭樂舞〈九辯〉、〈九歌〉。

18 勤子：賢子，指啟。屠母：塗山氏相傳化為石，禹呼道：「歸我子！」石破而啟生。

19 死分竟地：指啟死後，其新建立的國家四分五裂。

20 帝：天帝。夷羿：后羿為東夷有窮氏首領，故稱夷羿。

21 革孽：革除災禍。指天帝派后羿下凡，革除夏國人民的災禍。

22 河伯：黃河之神。

23 雒（粵：洛；普：luò）嬪：即洛妃、洛神，洛水女神，河伯之妻。相傳后羿射盲河伯，奪取其妻雒嬪。

24 馮（粵：憑；普：píng）：同「憑」，滿。珧（粵：姚；普：yáo）：蚌殼，此處指兩端飾有貝殼的弓。決：套在右手拇指上鈎弦發箭的護指器具，即扳指。

25 封狶（粵：希；普：xī）：大野豬。

26 后帝：上帝。若：順從。不若指不領情。

27 浞（粵：鑿；普：zhuó）：寒浞，本為伯明氏的惡子弟，被驅逐後成為后羿的相。其後寒浞謀殺后羿自立。純狐：純狐氏之女，后羿之妻。

28 眩妻：即玄妻，后羿之妻名。寒浞與玄妻私通，謀殺后羿後又娶其為妻。爰：於是。謀：策劃。指寒浞和玄妻合謀殺死了后羿。

29 射革：相傳后羿能一箭射穿七層皮革的箭靶。

30 交吞揆（粵：葵；普：kuí）之：即交揆吞之。交揆指合謀，吞指消滅。

31 阻窮：險阻困窮。意謂把鯀囚禁在羽山，不准西行。

32 黃熊：鯀死後所化。

33 咸：皆。播：播種。秬（粵：巨；普：jù）：黑黍。

34 莆（粵：蒲；普：pú）：同「蒲」，淺水植物。雚（粵：灌；普：guàn）：蘆葦。營：經營。指大禹令萬民皆能營墾莆雚之地，種植五穀。

35 并（粵：丙；普：bǐng）投：摒棄。

36 疾：罪惡。修盈：指鯀罪惡之盛滿。

37 蜺（粵：霓；普：ní）：同「霓」，副虹。嬰：纏繞。茀（粵：弗；普：fú）：雲氣。

38 堂：崔文子的廳堂。相傳崔文子從王子喬學仙，王子喬化為白蜺為文子送仙藥。文子不知而驚怪，持戈擊蜺，仙藥掉落。文子低頭一望，竟是王子喬的屍體。

39 臧（粵：床；普：cáng）：通「藏」。

40 天式：天道。從橫：即縱橫，指變化消長。

41 陽離爰死：陽氣離開軀體，人就要死亡。

42 大鳥：王子喬屍體所化。崔文子把王子喬的屍體安放於室內，覆以舊筐，未幾化為大鳥而鳴，開筐一看，大鳥翻飛而去。

43 焉喪厥體：王子喬是仙人，怎會就此死去？

44 蓱（粵：平；普：píng）號：即屏翳，神話中的雨師。

45 撰體脅鹿：神話中風伯飛廉鹿頭鳥身，此蓋指飛廉形體似鹿。

46 膺：通「應」。指雨師作雨，風伯何以響應？

47 鼇（粵：遨；普：áo）：大龜。抃（粵：卞；普：biàn）：拍手，此指四肢舞動。東海外有瀛洲、蓬萊、方壺三仙山，每山有三隻大龜舉首負載。

48 陵行：在陸地上行走。寒浞與玄妻生澆、豷二子。澆力大無窮，可無水行舟。

49 惟：發語詞。在戶：指澆前往其寡嫂女歧之室。

50 少康：夏朝中興之主，夏王相之子。相即位時，夏朝被后羿和寒浞所攻佔。相不久為澆所殺，留下遺腹子少康。其後少康打獵放狗驅逐野獸，襲澆而殺之。

51 顛隕：掉落。厥首：指澆的頭。

52 女歧縫裳：指女歧為澆縫衣，兩人於是同宿。

53 顛易厥首：指殺錯了頭。女歧與澆同宿，少康夜襲，誤殺了女歧的頭。

54 逢殆：遭殃。

55 湯：當作康，即少康。易：治理。旅：軍隊，五百人為一旅。

56 厚：雄厚。何以厚之謂少康如何壯大。

57 斟尋：古國名。夏王相在寒浞的追逼下，曾投靠斟尋。澆攻斟尋而弒相。覆舟斟尋指夏王相的傾覆。

58 何道取之：謂少康以什麼方法收回斟尋，繼而復國。

59 桀：夏朝末代君主。蒙山：古國名。桀攻蒙山，得琬、琰二女。
60 妹嬉（粵：末希；普：mò xī）：夏桀王后。肆：放肆、放蕩。
61 湯：商湯。殛：誅死。桀得琬、琰二女後，棄置妹嬉。妹嬉於是和伊尹勾結而滅夏。

舜閔在家[1]，父何以鱞[2]？堯不姚告[3]，二女何親[4]？厥萌在初[5]，何所億焉[6]？璜臺十成[7]，誰所極焉[8]？登立為帝[9]，孰道尚之[10]？女媧有體，孰制匠之[11]？舜服厥弟[12]，終然為害[13]。何肆犬豕[14]，而厥身不危敗[15]？吳獲迄古[16]，南嶽是止[17]。孰期去斯[18]，得兩男子[19]？緣鵠飾玉[20]，后帝是饗[21]。何承謀夏桀，終以滅喪？帝乃降觀[22]，下逢伊摯[23]。何條放致罰[24]，而黎服大說[25]？簡狄在臺[26]，嚳何宜？玄鳥致貽[27]，女何喜？該秉季德[28]，厥父是臧[29]。胡終弊于有扈[30]，牧夫牛羊[31]？干協時舞[32]，何以懷之[33]？平脅曼膚[34]，何以肥之[35]？有扈牧豎[36]，云何而逢？擊床先出[37]，其命何從？恆秉季德[38]，焉得夫朴牛[39]？何往營班祿[40]，不但還來？昏微遵跡[41]，有狄不寧[42]。何繁鳥萃棘[43]，負子肆情[44]？眩弟並淫[45]，危害厥兄[46]。何變化以作詐[47]，而後嗣逢長[48]？成湯東巡，有莘爰極[49]。何乞彼小臣[50]，而吉妃是得[51]？水濱之木[52]，得彼小子。夫何惡之[53]，媵有莘之婦[54]？湯出重泉[55]，夫何辠尤[56]？不勝心伐帝[57]，夫誰使挑之[58]？

注釋

1 閔：憂愁。

2 鰥（粵：關；普：guān）：同「鱞」，成年而未娶。謂瞽叟為何偏信後妻而虐待舜，常欲殺之，舜成年了也不為他娶妻。

3 姚：舜姚姓，此指姚家，亦即舜父及後母。

4 二女：指堯的兩個女兒娥皇、女英。親：成親。帝堯沒有徵求瞽叟夫妻的意見而直接將二女嫁予舜，故屈原有此一問。

5 萌：萌芽。

6 億：通「臆」，預料。

7 璜臺：玉臺。十成：十層。

8 極：至。殷末賢臣箕子見商紂以象牙為筷，便預料他的奢侈會發展到經營玉臺瓊樓的地步。

9 登立：登位，指女媧即位為帝。

10 道：倡導。尚：尊崇。

11 制匠：製作。傳說女媧人首蛇身，一日七十二變化，且摶土造人。故詩人問哪位巧匠能造出女媧的形體。

12 弟：指舜的異母弟象。

13 為害：指象與父母屢次謀害舜。

14 肆：放縱。犬豕：指象心術不正，猶如禽獸之軀。

15 厥身不危敗：指舜都能化險為夷。

16 吳獲：吳太伯之名。迄：當作「去」。古：周族首領古公亶父。

17 南嶽：指吳國的山嶺。太伯、仲雍、季歷皆為古公之子，古公喜愛季歷之子昌，欲傳位給他。於是太伯、仲雍主動逃到東南躲避，當地奉太伯為君，成為吳國始祖。

18 孰期：誰會期待、想到。去斯：當作夫斯，指吳國建國的始末。

19 兩男子：指太伯、仲雍。太伯無後，以仲雍為嗣，後世吳君皆仲雍嫡系。

20 緣：因，借助。鵠：天鵝。緣鵠即以鵠肉為羹。飾玉：指以美玉裝飾的鼎。

21 后帝：指商湯。饗：食用。意謂伊尹善於廚藝，得到成湯信任，其後更佐湯定天下。

22 帝：指湯。降觀：來到民間考察。

23 伊摯：伊尹名摯。

24 條：鳴條。成湯伐桀，戰於鳴條。鳴條之戰後，夏桀流放南巢，故云條放。致罰：予夏桀以懲罰。

25 黎：黎民。服：九服，即天下諸侯。說：同「悦」。

26 簡狄：有娀氏之女，帝嚳妃，生契，契為殷商始祖。臺：簡狄未嫁時，住在九層高樓上。

27 玄鳥：燕子。致貽：致送聘禮。相傳玄鳥墮卵，簡狄吞而懷孕，誕下殷契。

28 該：即王亥，夏代的商族首領，成湯的八世祖。秉：承。季：亥的父親，即冥，曾為夏王水官而殉職。

29 臧：善。兩句意謂王亥繼承了冥的美德，以其父親的功業為善。

30 弊：通「斃」。有扈：當作「有易」，夏代諸侯國。

31 夫：助語詞。王亥是最早馴服公牛者，曾帶着牛羊到有易做買賣，有易國君待為上賓。王亥卻與有易女子私通，先遭有易國君貶為牧奴，後更誅殺之。（案：有易即後文有狄（易、狄古音相同），為北方戎狄之國。王亥以諸侯的身份親自去有易，大約是奉夏王之命去協和蠻族。勤勞王事，方能稱為「秉季德」。）

32 干：盾牌。協：合。時：是。干協之舞大約即古代的萬舞，有挑情的作用。

33 懷：思慕。兩句謂指王亥合二盾而舞，為何能引起有易女子的思慕？

34 平脅：一作駢脅，健康的人胸部飽滿，左右肋骨彷彿合起來的樣子。曼膚：皮膚潤滑。平脅、曼膚皆指有易女子的姿態。

35 肥：「妃」的借字，匹配。

36 有扈：即有易。牧豎：牧童，指王亥。兩句謂有易女子是如何邂逅王亥的呢？

37 擊床：指有易國君遣人擊殺卧床的王亥。

38 恆：王恆，王亥之弟，曾與王亥一起前往有易，王亥死後成為商族首領。

39 朴牛：一作僕牛、服牛，即馴服的公牛。意指王亥死後，王恆是怎樣從有易取回遺下的服牛？

40 營：經營、謀求。班：頒佈。祿：爵祿。王恆繼承王亥的事業，繼續為夏王協和蠻族，前往有易頒佈爵祿之餘，又試圖取回服牛，最後卻徒勞無功。

41 昏微：即上甲微，王亥之子，繼王恆而即位，名微而號上甲。殷商領袖以天干為號，始於上甲。遵跡：遵循王亥、王恆的足跡。

42 有狄不寧：指上甲率兵攻滅有易，殺其君，令其國不得安寧。

43 繁鳥：眾鳥。萃：集。棘：荊棘。與後文「蒼鳥群飛，孰使萃之」句意相近，比喻商軍雄威勇武的樣子。

44 負子：即世子，諸侯的太子，此處指上甲。肆情：縱兵戰鬥。

45 眩：當為「亥」的錯字。眩弟並淫指王亥、王恆皆與有易女子相通。

46 危害厥兄：王亥斃命而王恆逃脱。

47 變化以作詐：指上甲用兵多有詐術。

48 逢：大。逢長指子孫繁衍。上甲為成湯七世祖，成湯建商歷六百年，武王伐紂後又封紂兄微子於宋國，歷八百年，故云。

49 有莘：古國名。極：至。

50 乞：求。小臣：奴隸，指伊尹。伊尹本為有莘氏的奴隸。成湯知伊尹之賢能，向有莘氏討要，不得要領，於是向有莘氏求婚。有莘氏答允，還以伊尹為陪嫁奴隸。

51 吉妃：賢慧的妃子。

52 木：空桑之木。相傳伊尹之母住在伊水邊，夢見神人告知家中石臼出水時要趕快向東逃走，不要回頭。次日石臼果然出水，伊母東走十里，忍不住回頭顧望，只見大水衝至，淹沒了整個城邑，伊母也化為空桑樹。後來有莘女子採桑，從空桑中尋獲一個嬰兒，就是伊尹。

53 惡：厭棄。

54 媵：陪嫁。指有莘為何厭棄伊尹，安排他當陪嫁奴隸？

55 重泉：成湯被夏桀囚禁之處。

56 辠：古罪字。指成湯有何罪過而被囚禁？

57 勝（粵：升；普：shēng）：忍耐。不勝心指心中無法忍耐。帝：指夏桀。

58 挑：挑動。兩句意謂成湯無法忍耐而攻伐夏桀，這是誰挑動的呢？暗指夏桀暴虐，咎由自取。

會鼂爭盟[1]，何踐吾期？蒼鳥群飛[2]，孰使萃之[3]？列擊紂躬[4]，叔旦不嘉[5]。何親揆發[6]，定周之命以咨嗟[7]？授殷天下[8]，其位安施[9]？反成乃亡[10]，其罪伊何？爭遣伐器[11]，何以行之[12]？並驅擊翼[13]，何以將之？昭后成遊[14]，南土爰底[15]。厥利惟何[16]，逢彼白雉[17]？穆王巧梅[18]，夫何周流？環理天下[19]，夫何索求？妖夫曳衒[20]，何號于市[21]？周幽誰誅[22]？焉得夫褒姒[23]？天命反側，何罰何佑？齊桓九會[24]，卒然身殺[25]。彼王紂之躬，孰使亂惑？何惡輔弼，讒諂是服[26]？比干何逆[27]，而抑沉之？雷開何順[28]，而賜封之？何聖人之一德[29]，卒其異方[30]：梅伯受醢[31]，箕子詳狂[32]？稷維元子[33]，帝何竺之[34]？投之於冰上[35]，鳥何燠之[36]？何馮弓挾矢[37]，殊能將之[38]？既驚帝切激[39]，何逢長之[40]？伯昌號衰[41]，秉鞭作牧[42]。何令徹彼岐社[43]，命有殷國？遷藏就岐[44]，何能依[45]？殷有惑婦[46]，何所譏[47]？受賜茲醢[48]，西伯上告。何親就上帝罰[49]，殷之命以不救？師望在肆[50]，昌何識？鼓刀揚聲[51]，后何喜[52]？武發殺殷[53]，何所悒[54]？載尸集戰[55]，何所急？伯林雉經[56]，維其何故？何感天抑墜，夫誰畏懼？皇天集命[57]，惟何戒之[58]？受禮天下[59]，又使至代之？初湯臣摯[60]，後茲承輔[61]。何卒官湯[62]，尊食宗緒[63]？勳闔夢生[64]，少離散亡[65]。何壯武厲[66]，能流厥嚴[67]？彭鏗斟雉[68]，帝何饗[69]？受壽永多，夫何長[70]？中央共牧[71]，后何怒[72]？蠭蛾微命[73]，力何固？驚女采薇，鹿何祐[74]？北至回水[75]，萃何喜[76]？兄有噬犬[77]，弟何欲[78]？易之以百兩[79]，卒無祿[80]？薄暮雷電[81]，歸何憂[82]？厥嚴不奉[83]，帝何求？伏匿穴處，爰何云[84]？荊勳作師[85]，夫何長[86]？悟過改更，我又何言？吳光爭國[87]，久余是勝[88]。何環穿自閭社丘陵[89]，爰出子文[90]？吾告堵敖以不長[91]。何試上自予[92]，忠名彌彰[93]？

注釋

1 會：會合。會鼂指武王會合諸侯伐紂的甲子日那天清晨。爭盟：指各路諸侯爭先恐後與武王結盟。

2 蒼鳥：鷹。比喻伐紂的士兵勇猛如鷹。

3 萃：聚集。

4 列：通「裂」。躬：身。

5 叔旦：周公旦，武王的四弟。不嘉：贊同。武王戰勝後，找到紂王的屍體，將之斬首，懸在大白旗上。周公認為此舉過甚，並不贊許。

6 揆：測度。發：武王名。

7 定周之命：確定周朝承受天命。咨嗟：歎息。兩句謂周公能親自測度武王的用心，為何在武王底定周朝後發出歎息呢？

8 授：通「受」。

9 位：王位。施：安置。武王克商不久便去世，其子成王幼年即位，由周公攝政。兩句謂周人接受了殷商的天下，是如何安置王位的？

10 反：歸還。成：成王。亡：流亡。此與下句謂成王成年後，周公還政，卻遭到成王的猜疑而流亡，周公到底有什麼罪呢？

11 爭遣：爭相派遣。伐器：征伐之器，指軍隊。

12 何以行之：謂軍隊用什麼策略前進。

13 擊翼：攻擊敵軍的兩翼。「爭遣伐器」至「何以將之」四句所指，諸家各有不同。

若索求前文，似在回顧周公東征之事。武王滅商後，在商的王畿冊封紂王之子武庚，號稱殷國，又殷國附近設置三區，分別由武王之弟管叔、蔡叔、霍叔治理，號稱三監。武王去世後，三監不滿周公攝政，於是散佈「周公將不利於孺子」的謠言，又勾結武庚叛亂。於是周公發兵東征，三年之內不僅克亂平殷，更將周的勢力拓展到殷商殘餘勢力所在的海濱奄地（在今山東）。

14 **昭后**：周昭王，成王之孫。**成遊**：出遊。

15 **南土**：指江漢平原一帶。**底**：至。

16 **惟**：助語詞。

17 **逢**：迎。**白雉**（粵：治；普：zhì）：白色的山雞。昭王欲擴張周的疆域，率軍南征荊楚，藉口要索取貢品白雉。到了江漢地區，昭王徵集船隻渡過漢水。船夫厭惡周人侵擾，將船隻用膠汁黏接而成。渡水中途，船隻解體，昭王和祭公等人葬身漢水。

18 **穆王**：昭王之子，相傳曾周遊天下，更西至崑崙拜會西王母。**梅**：當作枚，馬鞭。巧梅指擅長馭馬。

19 **環**：通「營」。環理即營理、治理。兩句謂周穆王本應治理天下，卻四處出遊，到底要尋求甚麼？

20 曳：牽引。衒（粵：炫；普：xuàn）：炫耀。

21 號：叫喚。市：市集。周厲王時，有一年幼宮女遇上龍涎所化的玄黿。宣王時，宮女懷孕而誕下一女。後宮驚怪之下，把女嬰丟棄。民間此時有童謠唱道：「檿弧箕服，實亡周國。」檿弧為桑木弓，箕服為箕木箭袋。宣王聽到童謠不久，見兩夫婦叫賣檿弧箕服，下令緝拿。兩夫婦在逃亡中收留了女嬰，來到褒國。女嬰長大後便是褒姒。

22 周幽：周幽王，宣王之子、厲王之孫。誰誅：指討伐何國。

23 焉得夫褒姒（粵：似；普：sì）：褒國國君得罪了幽王，遭到征伐，於是進獻褒姒請罪。幽王寵愛褒姒，廢申后而立褒姒為后。褒姒不好笑，於是幽王烽火戲諸侯以博其一笑，幽王自此失信於諸侯。不久，犬戎入侵，無人勤王，幽王被戎兵所弒，西周滅亡。

24 九會：指齊桓公任用管仲，九次召集諸侯會盟。

25 身殺：管仲死後，齊桓公倚重佞臣，導致國家昏亂。桓公去世後，五子爭位，桓公遺體六十七日未能入殮。

26 服：用。「何惡輔弼，讒諂是服？」兩句謂紂王為何厭惡賢明的輔臣而聽信進讒言諂媚的小人？

27 比干：殷末賢臣，紂王之叔，因進諫而遭剖心。逆：指抗顏直諫。

28 雷開：紂王的佞臣。順：指逢迎。

29 一德：共同的美德。

30 異方：不同的方式，指結局各異。

31 梅伯：紂時賢諸侯。受醢（粵：海；普：hǎi）：被剁成肉醬。

32 箕子：紂王之叔，見比干遭殺而裝瘋，仍被紂王囚禁。詳：同「佯」，假裝。

33 稷（粵：績；普：jì）：后稷，周族始祖、農神。

34 帝：上帝。竺：厚，指厚待。

35 投：遺棄。

36 燠（粵：郁；普：yù）：温暖。相傳后稷之母姜嫄踐踏天帝的足跡後，懷孕而生稷，以為不祥，便把他拋棄在寒冰上。這時眾鳥卻飛來用翅膀遮覆他、為他保暖。

37 馮（粵：憑；普：píng）：同「憑」，持。

38 將（粵：障；普：jiàng）：率兵。后稷曾為帝堯司馬，故云。

39 帝：指帝嚳。姜嫄本為帝嚳元妃，無夫而孕，是以驚動帝嚳。切激：激烈。

40 逢長：子孫繁衍。夏商積年千餘歲，周族皆為諸侯；其後更成為天子，享祚八百年。

41 伯昌：周文王名昌，被商朝封為西方諸侯之首，號稱西伯。號衰：指在殷商衰落時發號施令。

42 秉鞭：執政。牧：治民官，即西伯。

43 徹：通「撤」，拆除。岐：岐山，文王祖父古公自豳地遷於此而建立周國。社：土地廟，是國家的象徵。文王受命後遷都於豐，遂將社廟自岐遷豐。

44 藏（粵：狀；普：zàng）：寶藏、財富。就：前往。

45 依：歸依。兩句意謂指當年古公亶父遭狄人侵擾，帶着家屬和寶藏自豳遷岐，豳地之人怎會都來歸依？

46 惑婦：指紂王妃妲己。

47 譏：諫言。

48 受：紂王之名。兩句指文王長子伯邑考在商都為人質，被紂殺後做成肉羹，賜予文王。文王悲痛之極，向上天稟告。

49 親就上帝罰：指紂王自身受到上帝懲罰。

50 師望：呂望，即姜太公。武王尊為師尚父，故稱師望。肆：店舖。兩句意謂呂望從前只是商都市集上的屠夫，文王怎有賞識他的慧眼？

51 鼓刀揚聲：振動刀刃，使之發出聲音。

52 后：指文王。

53 武發：武王發。殺殷：誅殺紂王。

54 悒（粵：邑；普：yì）：憤恨。

55 尸：靈位。載尸集戰：武王伐紂時，用軍車承載文王的牌位，自稱太子發，表示乃奉先父之命而恭行討伐。

56 伯林：晉獻公太子申生。雉經：自縊。晉獻公聽信驪姬讒言，要殺害申生，申生逃亡至新城，自縊而死。

57 集命：降命。

58 戒：謹戒恐懼。

59 受：同「授」。禮：通「理」，治理。指上天授命治理天下。

60 臣摯：以伊尹為奴隸，此處臣作動詞。

61 茲：則。承輔：擔任首輔。

62 官湯：擔任商湯的官員。

63 食：死後享受祭祀。宗緒：商王宗族的子孫。指受到商朝後王的尊重祭祀。

64 勳：功勳。闔：吳王闔廬。夢：吳王壽夢，闔廬的祖父。生：通「姓」。指富有功業的闔廬是壽夢的嫡派子孫。

65 少離散亡：少年時飽經憂患。壽夢有四子：諸樊、餘祭、餘眛、季札，而季札最賢。壽夢欲傳位季札，而季札極力推讓，只好傳位諸樊，希望以兄終弟及的方式迫使季札即位。至餘眛去世後，季札依然不受，因此餘眛之子王僚即位。諸樊之子公子光認為不能傳賢便應傳長，而自己才最有繼承資格，於是弒王僚而代之，是為闔廬。

66 壯：指闔廬的壯年。武厲：勇武猛厲，指闔廬在即位前後皆頗有功勳。

67 嚴：當作莊，避漢明帝諱而改。「流厥莊」指闔廬流播了莊嚴的聲譽。

68 彭鏗：即長壽仙人彭祖，本名籛鏗，帝顓頊的玄孫。斟：舀取，指進獻。雉：指野雞羹。

69 饗：食用。相傳彭祖善於烹飪，曾製作野雞羹進奉上帝，上帝喜悅，賜壽八百歲。

70 長：當作「悵」。意謂彭祖如此長壽，又有甚麼遺憾？

71 中央：指周都鎬京。共：共伯和。牧：治理。

72 后：指周厲王。厲王暴虐，國人驅逐之，而以共伯和攝政，是為共和元年。

73 蠭（粵：蜂；普：fēng）：同「蜂」。蛾：古蟻字。蜂蟻，指驅逐厲王的國人。微命：微小的生命。

74 驚女采薇，鹿何祐：當指伯夷、叔齊事。伯夷、叔齊不贊成武王伐紂，隱居於首陽山，採薇充飢。有婦人對他們説道：「兩位義不食周粟，但這薇草也是周朝的草木啊。」二人遂不食薇，七日後，天帝派了一匹白鹿來哺乳他們。

75 回水：河水彎曲處。北至回水：當指夷、齊來到首陽山下隱居。

76 萃：聚集，引申為一起居住。

77 兄：指秦景公，春求末年的秦君。噬犬：善獵之犬。

78 弟：指景公同母弟鍼。公子鍼深受父親桓公寵愛，景公即位後，兩兄弟仍如兩君並列。何欲：貪婪的公子鍼看上了景公的良犬，提出以馬車交換。

79 易：交換。兩：同「輛」。

80 卒：最後。無祿：喪失爵祿。景公不允交換，反藉此讓公子鍼流亡晉國。

81 薄暮：傍晚。

82 歸：指屈原自歸。兩句點明本篇的寫作背景，歸何憂為反語，體現出詩人的悲憤之情。

83 厥嚴：指楚國的威名。不奉：不能保持。

84 爰：於是。

85 荊：楚國。荊勳作師當作荊師作勳，即楚軍立功。

86 夫何長：謂年代久長。

87 吳光：公子光，即吳王闔廬。爭國：指闔廬篡位一事。

88 久余是勝：指闔廬即位後勝我楚國，長期處於優勢。

89 環穿：環繞穿過。閭社：古代二十五家為閭，又名社。丘陵：幽會之處。

90 子文：楚成王時令尹，楚宗室鬥伯比之子，以賢能著稱。鬥伯比隨母居於鄖國，與鄖君之女私通而生子文。鄖女棄之於雲夢澤中，有虎來哺乳。鄖君大奇，於是將子文接回撫養。此二句感歎楚國至屈原之世已無賢相。

91 吾：屈原自稱。告：言。堵敖：即杜敖，楚文王子熊囏的名號。不長：享國不永，杜敖在位僅五年。

92 試：當作「弒」。上：指杜敖。予：通「與」。自予：指自立為王。杜敖繼位後欲殺其弟熊惲，熊惲逃往隨國，不久襲弒杜敖自立，是為成王。

93 忠名彌彰：指成王即位後，修政開疆，博得佳譽。

賞析與點評

〈天問〉的後段主要就人事興亡發問，涉及了虞、夏、商、周及東周諸國的歷史。三代的立國與衰亡，屈原認為並不在於所謂天命。夏啟與伯益、成湯與夏桀、武王與商紂的成敗，皆以民心的得失為前提。正如篇中所言，老百姓的生命雖如蜂蟻般微弱，但卻頑強無比，足以載舟覆舟。雖然屈原生長於文化傳統獨特的楚國，此段的敍述卻依舊以中原正統為脈絡，可見其鄉邦情懷與普世關懷的相容不悖。此外，屈原並不拘泥於傳統禮法，不但對不告父母而成婚的帝舜、私生子令尹子文、敵國君主吳王闔廬等抱持肯定的態度，甚至連楚國先君成王的篡位事實也直言不諱。在他看來，只要能造福蒼生就應予以肯定。至於篇末「悟過改更，我又何言」二句，充滿對楚懷王的期許，可以視作對此篇撰寫動機的交代。

九章

本章導讀——

〈九章〉包含了屈原創作的九篇抒情詩。與〈九歌〉、〈九辯〉不同，〈九章〉原來並非專有名詞。〈九歌〉是屈原有意識、有計劃編寫的組詩，而〈九章〉則是由後人編集而成。朱熹〈九章序〉說：「屈原放逐，思念君國，隨事感觸，輒形於聲。後人輯之，得其九章，合為一卷，非必出於一時之言也。」最早提到〈九章〉的是《楚辭》編纂者劉向，其〈九嘆．憂苦〉云：「嘆〈離騷〉以揚意兮，猶未殫於〈九章〉。」大概劉向在漢成帝朝編纂《楚辭》時，才把這九篇作品合在一起，稱為〈九章〉。不過，九篇作品既包括了屈原早年的作品〈橘頌〉，也有其絕命詞〈懷沙〉，時間跨度遠遠超過了朱熹所說的放逐之際。自晚明開始，便有學者嘗試考訂這九篇作品的創作年代。〈九章〉多為賦體，較少幽深的寄託，故如實紀錄了屈原具體的生活片段和心境，是研究屈原生平思想的第一手材料。

惜誦

本篇導讀——

〈惜誦〉詩題來自首句「惜誦以致愍兮」，即愛惜其君，誦論己言之意。本篇是屈原的述志之作，寫於懷王十五年遭疏不久之時。作者向天地神明陳述自己忠君愛國之心，傾訴身遭讒毀、進退無從的悲憤心情。〈惜誦〉呈現的思想態度與〈離騷〉非常接近，但尚無〈離騷〉亂詞的決絕之語，應作於〈離騷〉之前。有學者認為它是〈離騷〉的初稿。全篇平鋪直敍之餘，又虛構了厲神的角色，令行文沾染了浪漫色彩。此外，本篇運用了不少當時的成語，如「眾口鑠金」、「懲於羹者而吹齏」、「九折臂而成醫」，令語言活潑生動。

惜誦以致愍兮[1]，發憤以抒情。所作忠而言之兮[2]，指蒼天以為正。令五帝以折中兮[3]，戒六神與嚮服[4]。俾山川以備御兮[5]，命咎繇使聽直[6]。竭忠誠以事君兮，反離群而贅肬[7]。忘儇媚以背眾兮[8]，待明君其知之。言與行其可跡兮，情與貌其不變。故相臣莫若君兮，所以證之不遠。吾誼先君而後身兮[9]，羌眾人之所仇也[10]。專惟君而無他兮[11]，又眾兆之所讎也[12]。壹心而不豫兮，羌不可保也。疾親君而無他兮[13]，有招禍之道也。思君其莫我忠兮[14]，忽忘身之賤貧[15]。事君而不貳兮，迷不知寵之門[16]。忠何罪以遇罰兮，亦非余心之所志[17]。行不群以巔越兮[18]，又眾兆之所咍[19]。紛逢尤以離謗兮[20]，謇不可釋也[21]。情沉抑而不達兮[22]，又蔽而莫之白也[23]。心鬱邑余侘傺兮[24]，又莫察余之中情。固煩言不可結詒兮[25]，願陳志而無路。退靜默而莫余知兮，進號呼又莫吾聞。申侘傺之煩惑兮，中悶瞀之忳忳[26]。

注釋

1 惜：痛惜。誦：論陳。惜誦指以痛惜的心情論陳往事。愍（粵：敏；普：mǐn）：憂患。

2 所作忠：即所作非忠，指如果並非出於忠心，古代誓詞之語。

3 五帝：五方天帝。折中：調和兩端，取其中正，無所偏私。

4 六神：指日、月、星、四時、寒暑、水旱之神。與：同以，用來。嚮服：對證事實，判斷是否有罪。

5 俾：使。山川：名山大川之神。備御：陪審。

6 咎繇（粵：高搖；普：gāo yáo）：即皋陶，舜時法官。聽直：聽斷是非曲直。

7 贅：多餘。肬（粵：尤；普：yóu）：肉瘤。指自己遭受排擠，被視如多餘的肉瘤。

8 儇（粵：喧；普：xuān）：輕浮。媚：阿諛討好。

9 誼：同「義」，指合宜的道德、行為。

10 羌：乃。

11 惟：思。

12 眾兆：眾庶兆民。讎：通「仇」。

13 疾：急切。

14 莫我忠：莫有忠於我者。

15 貧賤：屈原屬於遠支宗族，且已家道中落，故云。

16 寵之門：邀寵的門徑。

17 志：知。

18 巔越：顛隕、摔跤，指獲罪遭貶。

19 咍（粵：開；普：hāi）：嗤笑。

20 尤：過錯。逢尤指受到責備。離：遭。離謗：遭到誹謗。

21 謇：當作蹇，心情曲折糾結的樣子。

22 沉抑：沉悶壓抑。

23 白：辯白。

24 侘傺：失意。

25 結詒：即結言，以言詞約定。

26 悶瞀（粵：茂；普：mào）：心煩慮亂。忳忳（粵：屯；普：tún）：煩悶。

賞析與點評

本段首先交待寫作此篇的原因是楚王懷疑自己的忠誠，於是對天起誓，請天地神明作證。隨後進一步闡述自己忠君無二卻不懂邀寵，遭受讒言而無法申辯的抑鬱。

昔余夢登天兮，魂中道而無杭[1]。吾使厲神占之兮[2]，曰：「有志極而無旁[3]。」終危獨以離異兮，曰君可思而不可恃。故眾口其鑠金兮[4]，初若是而逢殆[5]。懲於羹者而吹齏兮[6]，何不變此志也？欲釋階而登天兮[7]，猶有曩之態也[8]。眾駭遽以離心兮[9]，又何以為此伴也[10]？同極而異路兮[11]，又何以為此援也？晉申生之孝子兮[12]，父信讒而不好[13]。行婞直而不豫兮[14]，鯀功用而不就[15]。吾聞作忠以造怨兮[16]，忽謂之過言[17]。九折臂而成醫兮[18]，吾至今而知其信然。矰弋機而在上兮[19]，罻羅張而在下[20]。設張辟以娛君兮[21]，願側身而無所[22]。欲儃佪以干傺兮[23]，恐重患而離尤[24]。欲高飛而遠集兮[25]，君罔謂女何之[26]？欲橫奔而失路兮[27]，堅志而不忍。背膺牉以交痛兮[28]，心鬱結而紆軫[29]。檮木蘭以矯蕙兮[30]，鑿申椒以為糧[31]。播江離與滋菊兮[32]，願春日以為糗芳[33]。恐情質之不信兮[34]，故重著以自明。矯茲媚以私處兮[35]，願曾思而遠身[36]。

注釋

1 杭：同「航」，船隻。

2 厲神：大神，可附於占夢的靈巫身上給予神示。

3 旁：輔佐。

4 眾口鑠（粵：削；普：shuò）金：眾人之言論可以熔化金屬，比喻眾口讒言可顛倒黑白。

5 若是：如此。

6 懲：戒。羹：熱菜湯。齏（粵：擠；普：jī）：切細的醬菜，是冷盤。此句為諺語，有「一朝被蛇咬，三年怕草繩」之意。

7 釋階：捨棄階梯，指繞開楚王身邊的寵臣。

8 曩（粵：nɔŋ^{5}；普：nǎng）：往昔。曩之態指從前不阿權貴的態度。

9 駭遽：驚懼。

10 佯：與下文援字為連綿詞，傲岸倔強之義。

11 同極：目的相同。

12 申生：晉獻公的太子。

13 信讒：晉獻公後妻驪姬讒言得逞，申生被迫自殺。好：愛。

14 婞（粵：幸；普：xìng）直：剛直。不豫：不寬和。

15 鮌（粵：滾；普：gǔn）：即鯀，大禹的父親。功用而不就：鯀因治水不成，被舜所誅殺。

16 作忠：當忠臣。造怨：招來嫉怨。

17 忽：忽視。過言：過甚的言論。

18 九折臂而成醫：古代成語，指患病經驗多，便可成為良醫。九為虛數，有多次的意思。

19 矰弋（粵：增亦；普：zēng yì）：帶有繩線的射鳥短箭。機：弩機，此處指安裝待發。

20 罻（粵：慰；普：wèi）羅：捕鳥網。張：張設。

21 張辟：捕捉鳥獸的工具。

22 側身：轉身遠避。

23 儃佪（粵：sin^{4}回；普：chán huái）：徘徊。干傺：求進。

24 重患：加重禍患。離尤：遭罪。

25 遠集：退隱止息。

26 罔謂：豈不會說。之：往。

27 橫奔：開步奔走。

28 膺（粵：應；普：yīng）：胸。牉（粵：判；普：pàn）：分裂。

29 紆：縈繞。軫（粵：dzɐn^{2}；普：zhěn）：痛。

30 擣（粵：島；普：dǎo），同「搗」。矯：搓揉。

31 鑿：（粵：鑿；普：zuò）：舂。

32 滋：栽種。

33 糗（粵：jɐu^{2}；普：qiǔ）：乾糧。

34 情質：衷情。

35 矯：舉。媚：好。私處：獨自居處。

36 曾思：反覆思量。遠身：隱身遠去。

賞析與點評

屈原的夢與占卜，看似神秘，其實是他內心想法的反映。通過與楚王互動、和群小交手，他逐漸理解到自己從前以為單憑赤誠與衝勁去辦事，注定會招惹禍端。詩人最後決定遠離這污濁的世界，以保持自身的清白。

涉江

本篇導讀——

〈涉江〉真實紀錄了屈原晚年渡長江而南行，由湖北到湖南的放逐歷程。詩人經鄂渚，穿洞庭，入沅江而宿辰陽，最後到達漵浦的叢山之中。全詩對遭遇的不平、朝政的黑暗念念不忘，同時也呈現出一往無前、堅守正道的精神氣魄。

余幼好此奇服兮[1]，年既老而不衰。帶長鋏之陸離兮[2]，冠切雲之崔嵬[3]。被明月兮珮寶璐[4]。世溷濁而莫余知兮[5]，吾方高馳而不顧。駕青虬兮驂白螭[6]，吾與重華遊兮瑤之圃[7]。登崑崙兮食玉英[8]，與天地兮同壽，與日月兮齊光。哀南夷之莫吾知兮[9]，旦余濟乎江湘。

注釋

1 奇服：奇偉的衣服，比喻高潔的志行。

2 鋏（粵：夾；普：jiá）：劍。陸離：明亮閃耀。

3 切雲：冠名，謂其高可摩青雲。

4 明月：夜光珠。寶璐：美玉。

5 溷濁：混濁。莫余知：不懂得我。

6 青虬（粵：求；普：qiú）：青色的虬龍。白螭（粵：痴；普：chī）：白色的無角龍。

7 重華：帝舜之名。瑤之圃：崑崙山上出產美玉的園圃。

8 玉英：有花英之色的美玉。

9 南夷：指屈原流放處的少數民族。

賞析與點評

詩人以奇麗的服飾比喻高潔的德操，又以酣暢的神遊比喻志向的遠大。然而，卻因不合於世而不得不放逐遠行。此段極力鋪寫理想的璀璨，與現實的混濁形成強烈的對比。

乘鄂渚而反顧兮[1]，欸秋冬之緒風[2]。步余馬兮山皋[3]，邸余車兮方林[4]。乘舲船余上沅兮[5]，齊吳榜以擊汰[6]。船容與而不進兮，淹回水而凝滯[7]。朝發枉

陼兮[8]，夕宿辰陽[9]。苟余心其端直兮，雖僻遠之何傷！入溆浦余儃佪兮[10]，迷不知吾所如。深林杳以冥冥兮，乃猿狖之所居。山峻高以蔽日兮，下幽晦以多雨。霰雪紛其無垠兮[11]，雲霏霏而承宇[12]。哀吾生之無樂兮，幽獨處乎山中。吾不能變心而從俗兮，固將愁苦而終窮[13]。接輿髡首兮[14]，桑扈臝行[15]。忠不必用兮，賢不必以[16]。伍子逢殃兮[17]，比干菹醢[18]。與前世而皆然兮[19]，吾又何怨乎今之人！余將董道而不豫兮[20]，固將重昏而終身[21]。

注釋

1 乘：登。鄂渚：地名，在今武昌附近。

2 欸（粵：唉；普：āi）：長歎。緒風：餘風。

3 山皋（粵：高；普：gāo）：水邊的山岡。

4 邸（粵：底；普：dǐ）：止。方林：大林。

5 舲（粵：鈴；普：líng）船：有窗的小船。

6 吳榜：吳地所造的之槳。汰：波浪。

7 淹：停留。回水：漩渦。

8 枉陼（粵：煮；普：zhǔ）：地名，在今湖南常德附近。

9 辰陽：地名，在今湖南辰谿。

10 漵（粵：敘；普：xù）浦：地名，在今湖南。儃佪：徘徊。

11 霰（粵：線；普：xiàn）：雪籽。

12 霏霏：浮雲聚集的樣子。宇：天宇。

13 終窮：終生窮困。

14 接輿：春秋時楚國高士。髡（粵：昆；普：kūn）：剃髮。

15 桑扈：春秋時隱士。臝（粵：裸；普：luǒ）：同「裸」。

16 以：用。

17 伍子：伍子胥。

18 比干：商紂叔父，進諫不聽，遭剖心而死。菹醢（粵：追海；普：zū hǎi）：把人剁成肉醬的酷刑。

19 與：舉。前世：前朝。

20 董道：正道。豫：猶豫。

21 重昏：重重昏暗。

賞析與點評

本段歷述詩人流放沿途的景象與情緒。從鄂渚逆沅江而上，經過枉陼、辰陽，最後到達偏遠的漵浦，雖說心中端直、僻遠何傷，但心中對故鄉充滿不捨之情。煢煢孑立中，詩人想到古代聖賢的不幸遭遇，既紓忿又自勉，始終如一地堅守正道。

亂曰：鸞鳥鳳皇，日以遠兮。燕雀烏鵲，巢堂壇兮[1]。露申辛夷[2]，死林薄兮[3]。腥臊並御[4]，芳不得薄兮[5]。陰陽易位，時不當兮。懷信侘傺[6]，忽乎吾將行兮。

注釋

1 壇：中庭。

2 露申：申椒，香草名。

3 林薄：森林。

4 御：用。

5 薄：同「逼」，近。

6 侘傺：惆悵恍惚。

賞析與點評

末段亂詞總結全篇，悲憤地指出楚國朝廷黑白不分的亂象，並重申自己不得不遠離的痛苦。

哀郢

本篇導讀——

本篇作於楚頃襄王二十一年（前二七八），秦將白起破郢、頃襄王東遷之時。篇中敘述了郢都破滅、人民離散的情狀，反覆抒發了作者對人民遭受苦難的憂慮，以及自己無罪見逐、渴望回到故鄉的哀傷。

皇天之不純命兮[1]，何百姓之震愆[2]？民離散而相失兮，方仲春而東遷。去故鄉而就遠兮，遵江夏以流亡。出國門而軫懷兮[3]，甲之鼂吾以行[4]。發郢都而去閭兮[5]，怊荒忽其焉極[6]？楫齊揚以容與兮[7]，哀見君而不再得。望長楸而太息兮[8]，涕淫淫其若霰[9]。過夏首而西浮兮[10]，顧龍門而不見[11]。心嬋媛而傷懷兮，眇不知其所蹠[12]。順風波以從流兮，焉洋洋而為客[13]。凌陽侯之氾濫兮[14]，忽翱翔之焉薄[15]？心絓結而不解兮[16]，思蹇產而不釋[17]。將運舟而下浮兮[18]，上洞庭而下江。去終古之所居兮[19]，今逍遙而來東[20]。羌靈魂之欲歸兮，何須臾而忘反！背夏浦而西思兮[21]，哀故都之日遠。登大墳以遠望兮[22]，聊以舒吾憂心。哀州土之平樂兮[23]，悲江介之遺風[24]。當陵陽之焉至兮[25]，淼南渡之焉如[26]？曾不知夏之為丘兮[27]，孰兩東門之可蕪[28]？

注釋

1 純：不雜而正常。

2 震：恐懼。愆（粵：牽；普：qiān）：罪過。

3 軫：痛。懷：思。

4 甲：紀日的天干。鼂（粵：招；普：zhāo）：通「朝」。

5 閭：里門。

6 怊（粵：超；普：chāo）：愁思。荒忽：同「恍惚」。極：終。

7 楫：船槳。

8 長楸（粵：秋；普：qiū）：大梓樹。

9 淫淫：水流的樣子。

10 夏首：夏水之口。

11 龍門：郢都東門。

12 眇：遠。蹠（粵：脊；普：zhí）：踐。

13 焉：於是。洋洋：無所依歸的樣子。

14 凌：乘。陽侯：波濤之神，又名陵陽侯。

15 薄：通「迫」，近。

16 絓（粵：掛；普：guà）：通「掛」，懸。

17 蹇產：糾纏曲折。

18 運：回。

19 終古之所居：自古以來的居所。

20 逍遙：漂泊。

21 夏浦：地名，在今湖北漢口。

22 墳：水中高地。

23 州土：鄉邑。

24 介：間，江介指楚境。遺風：良善的遺俗。

25 陵陽：地名，在今安徽。

26 淼（粵：秒；普：miǎo）：水大貌。如：至。

27 曾：乃，竟。夏：通「廈」。丘：廢墟。

28 兩東門：郢都東面的兩座城門。蕪：荒蕪。

賞析與點評

本篇一開首便宏觀展示出國破家亡的景象，動人心魄。此時屈原已流放江南九年，他聽說郢都破滅、芸芸百姓在仲春時節沿着漢水逃難的噩耗，不禁回想到自己當年在一個甲日的清晨心情沉痛地離開郢都的情形。流放的路程中，詩人哀傷於不能重見故鄉與楚王，也感觸於自己漂泊無定的身世。國仇家恨與不遇的悲感糾纏在一起，形諸文字時而激昂慷慨，時而纏綿低徊，使讀者震撼不已。

心不怡之長久兮，憂與愁其相接。惟郢路之遼遠兮，江與夏之不可涉。忽若去不信兮[1]，至今九年而不復。慘鬱鬱而不通兮，蹇侘傺而含慼[2]。外承歡之汋約兮[3]，諶荏弱而難持[4]。忠湛湛而願進兮[5]，妒被離而鄣之[6]。堯舜之抗行兮[7]，瞭杳杳而薄天。眾讒人之嫉妒兮，被以不慈之偽名[8]。憎慍惀之修美兮[9]，好夫人之慷慨[10]。眾踥蹀而日進兮[11]，美超遠而逾邁[12]。

注釋

1 忽若：忽然。不信：不敢相信。

2 慼：悲。

3 外：外貌。承歡：奉承君王歡心。汋（粵：卓；普：chuò）約：柔順貌。

4 諶（粵：岑；普：chén）：誠然。荏：弱。

5 湛湛：厚重的樣子。

6 被離：眾多而紛繁的樣子。鄣（粵：障；普：zhàng）：通「障」。

7 抗：通「亢」，高。

8 被（粵：披；普：pī）：加在身上。不慈：據說「堯不慈，舜不孝」。

9 慍惀（粵：wan³ 倫；普：yùn lún）：含蓄深思的樣子。

10 好：喜愛。夫人：那些小人。慷慨：大言不慚的樣子。

11 踥蹀（粵：妾蝶；普：qiè dié）：小步行進的樣子。

12 踰：通「愈」，日益。

賞析與點評

本段除了繼續表達作者身在放所而悼念故都的哀情外，還進一步追究了國事陵遲的原因：

那不僅是小人當道，阿諛承歡而殘害忠良，更重要的是楚王昏庸，無知人之明。可見屈原雖然忠君，但對國家成敗得失的認知卻是非常客觀的。

亂曰：曼余目以流觀兮[1]，冀壹反之何時？鳥飛反故鄉兮，狐死必首丘[2]。信非吾罪而棄逐兮，何日夜而忘之？

注釋

1 曼：遠望的樣子。

2 狐死必首丘：據說狐死時，頭必朝初生窟穴，以示不忘本。

賞析與點評

「狐死必首丘」為先秦成語。如《禮記・檀弓上》：「古之人有言曰：狐死正丘首，仁也。」屈原之仁，不僅體現於鄉邦之思，更在於他堅守正道，不與群小妥協。

抽思

本篇導讀——

〈抽思〉大約作於懷王二十五年（前三〇四）秦楚黃棘之盟後，當時屈原遭貶而來到漢北。詩題「抽思」乃抽拔思緒之意，取自篇中「少歌」的「與美人抽思兮」一句。詩人在篇中敘述對懷王屢諫不聽、反覆無常的怨恨，自己流浪異鄉、心境無由上達的苦悶；同時又冀望懷王覺悟前非，重新任用自己。

心鬱鬱之憂思兮[1]，獨永歎乎增傷。思蹇產之不釋兮，曼遭夜之方長[2]。悲秋風之動容兮[3]，何回極之浮浮[4]！數惟蓀之多怒兮[5]，傷余心之懮懮[6]。願搖起而橫奔兮[7]，覽民尤以自鎮[8]。結微情以陳辭兮[9]，矯以遺夫美人[10]。昔君與我成言兮[11]，曰：「黃昏以為期。」羌中道而回畔兮[12]，反既有此他志[13]。憍吾以其美好兮[14]，覽余以其修姱[15]。與余言而不信兮，蓋為余而造怒[16]。願承閒而自察兮[17]，心震悼而不敢。悲夷猶而冀進兮[18]，心怛傷之憺憺[19]。茲歷情以陳辭兮[20]，蓀詳聾而不聞[21]。固切人之不媚兮[22]，眾果以我為患。初吾所陳之耿著兮[23]，豈至今其庸亡[24]？何毒藥之謇謇兮[25]？願蓀美之可完[26]。望三五以為像兮[27]，指彭咸以為儀[28]。夫何極而不至兮，故遠聞而難虧。善不由外來兮，名不可以虛作。孰無施而有報兮，孰不實而有穫？

注釋

1 鬱鬱：憂鬱哀愁。

2 曼：長。

3 動容：改變大自然的容色。

4 回：迴旋。極：至。一說回極為四極之訛，四極指大地四隅。浮浮：飄浮不止。

5 數（粵：朔；普：shuò）惟：屢次想到。蓀（粵：孫；普：sūn）：指懷王。

6 懮懮：痛楚憂愁。

7 搖起：急速而起。

8 尤：通「疣」，病痛。鎮：安定。

9 結：聚集。微情：內心細微的情感。

10 矯：舉，指上書。美人：指懷王。

11 成言：約定。

12 羌：發語詞。回畔：中途折回，指反悔。
13 他志：二心。
14 憍（粵：驕；普：jiāo）：同「驕」。
15 覽：炫耀。修姱：美好。
16 蓋：通「盍」，為何。造怒：找碴發怒。
17 承閒：趁着國君的閒暇。自察：自我澄清。
18 夷猶：猶豫。冀進：冀圖靠近國君。
19 怛（粵：笪；普：dá）傷：傷痛。憺憺（粵：但；普：dàn）：憂懼不安。
20 茲歷情：當作「歷茲情」，指發抒忠情。
21 詳（粵：羊；普：yáng）：通「佯」，假裝。
22 切人：懇切的人。
23 耿著：光明顯著。
24 庸：倉猝。亡：遺忘。
25 毒藥：當作「獨樂」。謇謇：忠貞的樣子。
26 可完：能夠完備。
27 三五：三皇五帝。像：榜樣。
28 儀：法則。

賞析與點評

詩人以深沉而細膩的筆觸，細細抒發出自己深藏的愁思和怨忿。在秋風蕭瑟之夜，詩人追憶起懷王的反覆多變、自滿而不求上進，甚至對自己的建言充耳不聞，導致群小攻訐。然而詩人指出，他明知忠言逆耳卻依舊直諫不諱，不僅因為自己抱有必死之志，以先賢彭咸為楷模，更因對懷王有極高的期待，希望他取法於三皇五帝。本段中「善不由外來兮，名不可以虛作」、「孰無施而有報兮，孰不實而有穫」等句，言淺而意深，誠為警語。

少歌曰[1]：與美人抽思兮[2]，并日夜而無正[3]。憍吾以其美好兮，敖朕辭而不聽[4]。倡曰[5]：有鳥自南兮，來集漢北。好姱佳麗兮，牉獨處此異域[6]。既惸獨而不群兮[7]，又無良媒在其側。道卓遠而日忘兮，願自申而不得。望北山而流涕兮[8]，臨流水而太息。望孟夏之短夜兮[9]，何晦明之若歲[10]！惟郢路之遼遠兮，魂一夕而九逝。曾不知路之曲直兮[11]，南指月與列星。願徑逝而未得兮[12]，魂識路之營營[13]。何靈魂之信直兮，人之心不與吾心同！理弱而媒不通兮，尚不知余之從容。

注釋

1 少歌：古代樂歌章節名，有結上啟下的作用。

2 抽思：把內心蘊藏的思緒抽繹出來。

3 并：合。并日夜指晝夜不停。無正：無人評斷。

4 敖：通「傲」。朕：我。

5 倡：蓋為古代樂歌章節名，為新樂章的開始。

6 牉：分離。

7 惸（粵：鯨；普：qióng）獨：孤獨。

8 北山：郢都北面的紀山。

9 孟夏：初夏。

10 晦明：從夜到晝。晦明若歲即度日如年的意思。

11 曾：竟。

12 徑逝：沿着直路前行。

13 營營：往來勞碌的樣子。以上六句寫夢魂返回郢都的情景。

賞析與點評

本段敘述詩人離開郢都、來到漢北，卻仍希望有人能通其意，令懷王回心，自己得以重返楚廷。在陌生的漢北之地，詩人無法安寢，偶爾入眠，夢魂便在星月的微光下飛回郢都，以慰離思。前後兩段中，詩人皆以婚期、行媒比喻君臣的際合，這與同期作品〈離騷〉的藝術手法是一致的。

亂曰：長瀨湍流[1]，泝江潭兮[2]。狂顧南行[3]，聊以娛心兮[4]。軫石崴嵬[5]，蹇吾願兮[6]。超回志度[7]，行隱進兮。低佪夷猶[8]，宿北姑兮[9]。煩冤瞀容[10]，實沛徂兮[11]。愁嘆苦神，靈遙思兮。路遠處幽，又無行媒兮。道思作頌[12]，聊以自救兮[13]。憂心不遂，斯言誰告兮！

注釋

1 瀨（粵：賴；普：lài）：灘流。湍（粵：toen[1]；普：tuān）：水急的樣子。

2 泝（粵：訴；普：sù）：逆流而上。

3 狂顧：左右急視。

4 娛心：慰解心胸。

5 軫（粵：dzɐn^{2}；普：zhěn）石：怪石。崴嵬（粵：威危；普：wēi wéi）：高聳貌。

6 蹇：曲折，引申為阻礙。

7 超回：當為遲回。志度：當為躑躅。遲回、躑躅皆是徘徊不前的樣子。

8 低佪：亦為徘徊之意。

9 北姑：地名，大約在漢北以南、郢都以北。

10 瞀（粵：茂；普：mào）：紊亂。

11 沛徂（粵：曹；普：cú）：如流水般奔走。

12 道思：沿路尋思。作頌：作歌。

13 自救：自我寬解。

賞析與點評

〈抽思〉一篇的樂章最為豐富，有少歌、有倡、有亂。篇末亂詞對於全篇的歸結，依然是失望與哀怨的情緒。對於眼下的貶謫地，詩人情願視為一種遠離是非的場所，但又依然放不下國計民生，處境可謂進退維谷。

懷沙

本篇導讀——

本篇是詩人的絕命詞。東方朔〈七諫〉曰「懷沙礫而自沉」，即是詩題的本意。本詩的主旨寫自己雖遭放逐，但不因窮困而改易節操。全篇語氣決斷，音節短促，體現出屈原臨終前視死如歸的心情。

滔滔孟夏兮[1]，草木莽莽[2]。傷懷永哀兮[3]，汩徂南土[4]。眴兮杳杳[5]，孔靜幽默[6]。鬱結紆軫兮[7]，離愍而長鞠[8]。撫情效志兮[9]，冤屈而自抑。刓方以為圜兮[10]，常度未替。易初本迪兮[11]，君子所鄙。章畫志墨兮[12]，前圖未改。內厚質正兮，大人所晟[13]。巧倕不斲兮[14]，孰察其撥正[15]。

注釋

1 滔滔：盛陽和暖的樣子。

2 莽莽：草木茂密的樣子。

3 永：長。

4 汩（粵：月；普：yù）：急速。徂：去。

5 眴（粵：瞬；普：shùn）：同「瞬」，眼睛轉動的樣子。

6 孔：甚。幽默：寂靜無聲。

7 軫：痛。

8 愍（粵：敏；普：mǐn）：痛憂。鞠：窮。

9 撫情：依循情理。效志：考覈思想意志。

10 刓（粵：完；普：wán）：削。圜：同「圓」。

11 易初：改變初心。迪：通「由」，道路。本迪即原本的常道。

12 章畫：清楚地規畫。志墨：以繩墨來標記。

13 晟（粵：剩；普：shèng）：盛美。

14 倕（粵：垂；普：chuí）：古代巧匠。

15 撥：彎曲。撥正即曲直。

賞析與點評

本段開首即情景交融，草木繁茂、生意盎然的荒野卻寂靜曠遠，恰好烘託出詩人難以自抑的悲傷和必死之志。站在死亡的懸崖邊，詩人對自己落落寡合的高潔操持依然毫無悔意。

玄文處幽兮[1]，矇瞍謂之不章[2]。離婁微睇兮[3]，瞽以為不明[4]。變白以為黑兮，倒上以為下。鳳皇在笯兮[5]，雞鶩翔舞[6]。同糅玉石兮，一概而相量。夫惟黨人鄙固兮，羌不知余之所臧[7]。任重載盛兮[8]，陷滯而不濟。懷瑾握瑜兮，窮不知所示[9]。邑犬群吠兮，吠所怪也[10]。非俊疑傑兮，固庸態也。文質疏內兮[11]，眾不知余之異采。材朴委積兮[12]，莫知余之所有。重仁襲義兮[13]，謹厚以為豐。重華不可遌兮[14]，孰知余之從容[15]？古固有不並兮[16]，豈知何其故？湯禹久遠兮，邈而不可慕。懲違改忿兮[17]，抑心而自強[18]。離閔而不遷兮[19]，願志之有像[20]。進路北次兮[21]，日昧昧其將暮。舒憂娛哀兮，限之以大故[22]。

注釋

1 玄文：黑色花紋。

2 矇：有眼珠而看不見。瞍（粵：手；普：sǒu）：沒有眼珠。矇瞍泛指盲人。

3 離婁：古代明目善視之人。微睇（粵：弟；普：dì）：小視。

4 瞽（粵：古；普：gǔ）：目縫黏合之人。亦指盲人。

5 䈝（粵：奴；普：nú）：籠。

6 鶩：野鴨。

7 臧（粵：莊；普：zāng）：善。

8 不濟：不進，此處指不成。

9 不知所示：不知將才華顯示給誰看。

10 吠所怪：指群小少見多怪。

11 內：通「訥」。文質疏訥即文疏質訥，指外表簡樸，內心木訥堅強。

12 朴：未加工的木材。委積：指堆棄在一旁。

13 重、襲：累積。

14 遌（粵：岳；普：è）：遇。

15 從容：舉動。

16 不並：指聖君賢臣不並時而生。

17 懲違改忿：指抑制內心的憤懣。「違」同「愇」，恨。

18 自強：自勉。

19 離閔：遭遇憂困。
20 像：榜樣。
21 次：舍止、住宿。
22 大故：死亡。

賞析與點評

本段將內容從個人憂患提升到世道國運的層面，一系列的比喻既體現詩人鶴立雞群的高潔情懷，也進一步展示當時楚廷的昏暗與詭譎。然而對於這混濁的惡世，詩人非但不欲和光同塵，更從未放棄過轉禍為福的打算。當他發現自己無法力挽狂瀾，終於決定以死明志。

亂曰：浩浩沅湘，分流汩兮[1]。修路幽蔽[2]，道遠忽兮。懷質抱情，獨無正兮[3]。伯樂既沒，驥焉程兮[4]？萬民之生，各有所錯兮[5]。定心廣志[6]，余何畏懼兮！曾傷爰哀[7]，永歎喟兮。世溷濁莫吾知，人心不可謂兮。知死不可讓[8]，願勿愛兮[9]。明告君子，吾將以為類兮[10]。

注釋

1 分：通「紛」。
2 修路：長路。
3 無正：無人評斷。
4 程：考察。
5 錯：通「措」，安置。
6 定心：心志堅定。廣志：胸襟廣闊。
7 曾：通「層」，曾傷即重重憂傷。爰哀：悲哀不止。
8 讓：推辭。
9 愛：吝惜。
10 類：法。

賞析與點評

亂詞中「定心廣志」四字，説明屈原自沉汨羅的決定是經過深思熟慮的，沒有倉促猶疑，也沒有眷戀激動。詩人知道，自己的死未必能改變楚國的政局，卻能激勵千萬國人的意志，使他們堅守正道，鍥而不捨地追尋光明。

思美人

本篇導讀——

本篇以篇首「思美人兮，擥涕而竚眙」為題，「美人」指懷王。本篇亦屈原在漢北時所作，創作年代大概略晚於〈抽思〉。〈思美人〉的思想感情與〈抽思〉非常相似，但思多於怨，期待懷王幡然悔悟，對於自己也有奮勉之思。

思美人兮，擥涕而竚眙[1]。媒絕路阻兮，言不可結而詒[2]。蹇蹇之煩冤兮[3]，陷滯而不發。申旦以舒中情兮[4]，志沉菀而莫達[5]。願寄言於浮雲兮，遇豐隆而不將[6]。因歸鳥而致辭兮，羌迅高而難當[7]。高辛之靈盛兮[8]，遭玄鳥而致詒[9]。欲變節以從俗兮，媿易初而屈志[10]。獨歷年而離愍兮[11]，羌馮心猶未化[12]。寧隱閔而壽考兮[13]，何變易之可為。知前轍之不遂兮，未改此度[14]。車既覆而馬顛兮，蹇獨懷此異路[15]。勒騏驥而更駕兮[16]，造父為我操之[17]。遷逡次而勿驅兮[18]，聊假日以須時[19]。指嶓冢之西隈兮[20]，與纁黃以為期[21]。

注釋

1 攬：收，此處意為擦乾。竚（粵：柱；普：zhù）：同「佇」，久立。眙（粵：熾；普：chì）：凝視。
2 詒（粵：宜；普：yí）：贈予。
3 蹇蹇：同「謇謇」，忠直的樣子。
4 申旦：自早至晚。
5 沉菀（粵：蘊；普：yùn）：同「沉鬱」。
6 豐隆：雲師。
7 羌：發語詞。迅高：迅速高飛。
8 高辛：帝嚳。靈盛：神靈盛大。
9 玄鳥：燕子。詒：聘禮。指帝嚳以燕子為媒，向有娀氏之女簡狄捎去聘禮。
10 媿（粵：愧；普：kuì）：同「愧」。
11 離愍：遭遇憂患。
12 馮（粵：憑；普：píng）：憤懣。
13 隱：隱忍。閔：憂憫。壽考：長壽，意即終此一生。
14 度：法度、原則。

15 蹇：猶「羌」，發語詞。異路：不同於世俗的道路。

16 勒：指拉緊韁繩。騏驥：駿馬。更駕：更換馬車。

17 造父：周穆王時人，以善馭聞名。

18 遷：前行。逡（粵：春；普：qūn）次：徘徊不前。

19 假：借。須：等。假日、須時皆指費日、等待時機。

20 嶓冢（粵：波寵；普：bō zhǒng）：山名，舊以為漢水發源地。隈：山窪。嶓冢、西隈皆指極西之地。

21 纁（粵：芬；普：xūn）黃：黃昏。期：時限。

賞析與點評

〈思美人〉可說是〈抽思〉的姊妹篇。本段中，詩人一如既往地表達了自己思慮煩亂，欲通意於懷王的心情。由「寧隱閔而壽考兮，何變易之可為」兩句可知，詩人雖然身處逆境，卻不願變心從俗；只要懷王不還給自己清白，他就情願隱忍愁緒，徜徉於疏放之地。

開春發歲兮，白日出之悠悠。吾將蕩志而愉樂兮[1]，遵江夏以娛憂[2]。攬大薄之芳茝兮[3]，搴長洲之宿莽[4]。惜吾不及古人兮，吾誰與玩此芳草。解萹薄與雜菜兮[5]，備以為佩[6]。佩繽紛以繚轉兮[7]，遂萎絕而離異。吾且儃佪以娛憂兮[8]，觀南人之變態[9]。竊快在其中心兮[10]，揚厥憑而不竢[11]。芳與澤其雜糅兮，羌芳華自中出。紛郁郁其遠蒸兮[12]，滿內而外揚。情與質信可保兮，羌居蔽而聞章[13]。令薜荔以為理兮[14]，憚舉趾而緣木[15]。因芙蓉而為媒兮，憚褰裳而濡足[16]。登高吾不說兮[17]，入下吾不能。固朕形之不服兮[18]，然容與而狐疑。廣遂前畫兮[19]，未改此度也。命則處幽吾將罷兮，願及白日之未暮也。獨煢煢而南行兮[20]，思彭咸之故也。

注釋

1 蕩志：舒展胸襟。

2 江：長江。夏：夏水，即漢水。娛憂：排遣憂思。

3 攬：採摘。薄：叢林。

4 搴：拔取。

5 解：採摘。萹（粵：邊；普：biān）薄：即萹蓄，道旁野草，紅莖白花。雜菜：雜香之菜。

6 佩：佩戴。

7 繚轉：相互纏繞。

8 儃佪：徘徊。

9 南人：南荒邊陲的居民。變態：指南方民族的奇異風俗。

10 竊快：暗中快慰。

11 揚：拋棄。厥：其。憑：憤懣。不竢（粵：自；普：sì）：不復等待。

12 紛：盛多。郁郁：芬芳。蒸：指香氣散發。

13 居蔽：偏遠的居所。聞：名聲。章：同「彰」，彰顯。

14 理：媒人。

15 憚：擔心。舉趾：提起腳步。

16 褰（粵：牽；普：qiān）裳：揭起下身的衣服。濡（粵：如；普：rú）：沾濕。

17 說：同「悅」。

18 形：形體，指本身。不服：不屈從於流俗。

19 廣遂：想方設法以求完成。前畫：從前為國君的擘畫。

20 煢煢：獨自。

賞析與點評

本段敘述詩人在漢北一帶踽踽獨行，採集芳草自娛的情狀。楚廷群小的醜態，更令他以潔身自愛為勉。

惜往日

本篇導讀——

本篇作於屈原自沉前不久，詩題取自篇首「惜往日之曾信兮」一句。屈原在詩中追憶了一生中受信用、遭讒言、被放逐的經歷，也抒發了自己的政治理念。

惜往日之曾信兮[1]，受命詔以昭時[2]。奉先功以照下兮[3]，明法度之嫌疑[4]。國富強而法立兮，屬貞臣而日娭[5]。秘密事之載心兮[6]，雖過失猶弗治[7]。心純厖而不泄兮[8]，遭讒人而嫉之。君含怒而待臣兮，不清澂其然否[9]。蔽晦君之聰明兮[10]，虛惑誤又以欺[11]。弗參驗以考實兮[12]，遠遷臣而弗思。信讒諛之溷濁兮，盛氣志而過之[13]。何貞臣之無罪兮，被離謗而見尤[14]！慚光景之誠信兮[15]，身幽隱而備之[16]。臨沅湘之玄淵兮，遂自忍而沉流[17]。卒沒身而絕名兮[18]，惜廱君之不昭[19]。君無度而弗察兮[20]，使芳草為藪幽[21]。焉舒情而抽信兮[22]，恬死亡而不聊[23]。獨鄣廱而蔽隱兮[24]，使貞臣為無由[25]。

注釋

1 曾信：曾經受到國君信任。

2 命詔：即詔命、詔令，君王發佈的號令。昭時：令時世清明。

3 先功：祖先的功業。

4 法度之嫌疑：法令中含糊不周的地方。

5 貞臣：忠貞之臣，屈原自指。娭：同「嬉」，遊戲玩樂，指懷王。

6 秘密：或說為黽勉的一聲之轉，黽勉即努力之意。載心：放在心中。

7 過失猶弗治：指小的過失尚能得到懷王的諒解，不予追究。

8 純庬（粵：忙；普：máng）：純潔敦厚。泄：泄漏。

9 清澈：澄清。然否：是非。

10 蔽晦：掩蓋。

11 虛：無中生有。惑：以假亂真。

12 參：參較。驗：驗證。

13 盛氣志：大怒。過：責罰。

14 被、離：皆遭遇之意。尤：怪罪。

15 慚：悲憂。光景：日光與日影。誠信：真實。

16 備：收藏。謂自己被收藏於幽隱之中。
17 自忍：自己狠下心腸。沉流：沉於江流。
18 卒：最終。沒身：即歿身，喪身。
19 壅（粵：翁；普：yōng）君：被蒙蔽的國君。不昭：不明。
20 無度：沒有尺度。
21 藪幽：幽藪的倒裝，即深幽的大澤。
22 焉：於是。抽信：陳述一片忠誠。
23 恬：安。不聊：不苟，指不苟於偷生。
24 鄣壅：即蔽隱，指重重障礙。
25 由：路，無由指無路自達。

賞析與點評

本段中，詩人對自己在楚廷的經歷作了總結式的回顧：從受懷王信任而制作法令，到因奸人嫉妒而受懷王疏遠，最後被襄王流放到沅湘一帶。對於懷王遭人蒙蔽、不察真相，詩人一再表示痛惜。與其說這是屈原的局限，毋寧說是一種真情的流露：儘管懷王昏庸，卻仍是楚國的靈魂人物；加上多年的君臣之誼，人非草木，焉能毫無顧忌地痛斥其非？

聞百里之為虜兮[1]，伊尹烹於庖廚[2]。呂望屠於朝歌兮，甯戚歌而飯牛[3]。不逢湯武與桓繆兮[4]，世孰云而知之！吳信讒而弗味兮[5]，子胥死而後憂[6]。介子忠而立枯兮[7]，文君寤而追求[8]。封介山而為之禁兮[9]，報大德之優遊[10]。思久故之親身兮[11]，因縞素而哭之[12]。或忠信而死節兮，或訑謾而不疑[13]。弗省察而按實兮[14]，聽讒人之虛辭。芳與澤其雜糅兮，孰申旦而別之？何芳草之早殀兮[15]，微霜降而下戒[16]。諒聰不明而蔽廱兮[17]，使讒諛而日得。自前世之嫉賢兮，謂蕙若其不可佩。妒佳冶之芬芳兮[18]，嫫母姣而自好[19]。雖有西施之美容兮，讒妒人以自代。願陳情以白行兮[20]，得罪過之不意。情冤見之日明兮[21]，如列宿之錯置[22]。乘騏驥而馳騁兮，無轡銜而自載。乘氾泭以下流兮[23]，無舟楫而自備。背法度而心治兮，辟與此其無異[24]。寧溘死而流亡兮，恐禍殃之有再。不畢辭而赴淵兮[25]，惜廱君之不識。

注釋

1 百里：百里奚，春秋時虞國大夫。晉滅虞時被俘，晉獻公嫁女至秦，以百里奚為陪嫁奴隸，後逃至楚。秦穆公聞其賢，用五張羊皮贖回，授以國政，號曰五羖大夫。後助穆公成就霸業。

2 伊尹：見〈離騷〉。

3 呂望、甯戚：皆見〈離騷〉。

4 湯：商湯。武：周武王。桓：齊桓公。繆：同「穆」，秦穆公。

5 吳：指吳王夫差。信讒：聽信宰嚭的讒言。弗味：不能玩味辨識。

6 子胥：伍子胥，吳國大將。夫差打敗越王勾踐後，兩度伐齊。而子胥認為越為吳心腹之患，應先滅越而後伐齊。夫差不聽，聽信宰嚭讒言，逼子胥自殺。其後，吳滅於越。

7 介子：介子推。晉文公臣。晉文公流亡十九年，介子推隨行，曾割股給文公充飢。文公回國即位，各人爭功求賞。介子推獨奉老母逃隱至綿山。其後文公想起介子推的功勞，派人尋訪不獲，令人燒山，希望誘他出來。介子推堅決不出山，抱樹燒死。

8 文君：晉文公。寤：覺悟。

9 為之禁：圈為禁地，禁止樵採。

10 優遊：形容德行之寬廣。

11 久故：故舊。親身：近身。

12 縞素：白色的喪服。

13 訑謾（粵：旦蠻；普：dàn mán）：欺詐。訑通「誕」。

14 按實：核實。

15 殀（粵：擾；普：yāo）：同「夭」，死亡。

16 戒：警告。

17 諒：誠然。聰不明：即不聰明。

18 佳冶：美麗。

19 嫫（粵：模；普：mó）母：黃帝妃，以醜陋著稱。姣而自好：自以為美而作態。

20 白行：表白行為。

21 見：同「現」。

22 宿（粵：秀；普：xiù）：星宿。錯置：陳列。

23 氾：同「泛」，浮起。泭（粵：俘；普：fū）：同「桴」，木筏。

24 辟：同「譬」。

25 畢辭：沒有把話說完。

賞析與點評

本段歷舉前世賢君能臣際合的故事，又以伍子胥和介子推之死反襯不用賢才的追悔莫及。詩人進而申論，賢才的進用端賴君主的明察秋毫，如果君主昏庸，昧魚群姦，賢才自然景況堪虞。最後詩人表明，君主的閉塞偏聽，是自己決定以死明志的主因之一。

橘頌

本篇導讀——

〈橘頌〉是屈原早年的作品，借詠物以抒情，可說是中國文學史上第一首詠物詩。全篇基本上採取四言句式，運用比興手法，通過對橘樹品德的讚美而自勵自喻，表述己志。

后皇嘉樹[1]，橘徠服兮[2]。受命不遷，生南國兮。深固難徙，更壹志兮。綠葉素榮[3]，紛其可喜兮。曾枝剡棘[4]，圓果摶兮[5]。青黃雜糅，文章爛兮。精色內白[6]，類任道兮。紛緼宜修[7]，姱而不醜兮[8]。

注釋

1 后皇：后土與皇天，即天地的代稱。嘉：美。

2 徠：通「來」。服：習慣。

3 榮：花。

4 曾：通「層」。剡棘：利刺。

5 摶（粵：團；普：tuán）：通「團」，渾圓。
6 精色：指橘表皮明亮的色澤。
7 紛緼：繁盛貌。
8 不醜：無匹。

賞析與點評

《晏子春秋》云：「橘生淮南則為橘，生於淮北則為枳。」橘樹一旦遷種於北方，就無法適應水土，結出的果實既苦且澀。如此瑕疵，在詩人筆下卻成了熱愛鄉土、不忍遠離的象徵。早年的屈原選擇橘樹為歌詠的對象，除因其美麗悅目的外表，更因其深固難徙的性格。

嗟爾幼志[1]，有以異兮。獨立不遷，豈不可喜兮。深固難徙，廓其無求兮[2]。蘇世獨立[3]，橫而不流兮[4]。閉心自慎[5]，終不失過兮。秉德無私[6]，參天地兮[7]。願歲并謝[8]，與長友兮。淑離不淫[9]，梗其有理兮[10]。年歲雖少，可師長兮。行比伯夷[11]，置以為像兮。

注釋

1 幼志：幼年的志向。

2 廓：空。指心地恢廓寬大。

3 蘇：醒。蘇世指清醒於塵世。

4 橫而不流：指超越流俗。

5 閉心：悶心滅慾。自慎：自求謹慎。

6 秉：執。

7 參天地：與天地而三。

8 謝：去。歲并謝指歲月流逝。

9 淑：善。離：通「麗」。

10 梗：堅硬。理：條理。

11 伯夷：商周之際的遺民高士。因不食周粟而餓死於首陽山。

賞析與點評

詩人在極力稱讚橘樹的品德後，忽然提出希望以橘樹為畢生的師友，這進一步昇華了本篇的思想：詩人對橘樹的歌頌，實際上就是對自己的期許。難怪清人林雲銘以為橘樹與屈原「彼此互映，有鏡花水月之妙」。作為屈原早年的作品，此篇的句式顯示了其對《詩經》體的模仿。而詩人畢生的志節，真如此篇所預言一樣，秉德無私，參乎天地了。

悲回風

本篇導讀——

本篇作於屈原自沉前不久，詩題取自篇首「悲回風之搖蕙兮」一句。「回風」喻讒佞小人，詩人以此起興，書寫遭受陷害，無從實現理想的悲哀。詩中描寫託遊天地之間的情狀，篇幅頗巨，大概是臨終前的詩人在精神恍惚下產生的幻象。

悲回風之搖蕙兮[1]，心冤結而內傷[2]。物有微而隕性兮[3]，聲有隱而先倡[4]。夫何彭咸之造思兮[5]，暨志介而不忘[6]！萬變其情豈可蓋兮[7]，孰虛偽之可長！鳥獸鳴以號群兮[8]，草苴比而不芳[9]。魚葺鱗以自別兮[10]，蛟龍隱其文章[11]。故荼薺不同畝兮[12]，蘭茝幽而獨芳。惟佳人之永都兮[13]，更統世而自貺[14]。眇遠志之所及兮[15]，憐浮雲之相羊[16]。介眇志之所惑兮[17]，竊賦詩之所明。惟佳人之獨懷兮[18]，折若椒以自處[19]。曾歔欷之嗟嗟兮[20]，獨隱伏而思慮。涕泣交而淒淒兮，思不眠以至曙。終長夜之曼曼兮，掩此哀而不去。寤從容以周流兮[21]，聊逍遙以自恃[22]。傷太息之愍憐兮[23]，氣於邑而不可止。糺思心以為纕兮[24]，編愁苦以為膺[25]。折若木以蔽光兮，隨飄風之所仍[26]。存髣髴而不見兮[27]，心踴躍其若湯[28]。撫珮衽以案志兮[29]，超惘惘而遂行[30]。歲曶曶其若頹兮[31]，旹亦冉冉而將至[32]。薠蘅槁而節離兮[33]，芳以歇而不比[34]。憐思心之不可懲兮[35]，證此言之不可聊[36]。寧溘死而流亡兮，不忍此心之常愁。孤子唫而抆淚兮[37]，放子出而不還[38]。孰能思而不隱兮[39]，昭彭咸之所聞[40]。

注釋

1 回風：旋風。搖蕙：撼動蕙草，使其凋零。

2 冤結：鬱結。

3 微：微弱。隕：落。性：生，指生機。

4 隱：隱微。倡：唱。指回風吹起，先有隱微的聲音在前倡引。

5 造思：設想。

6 暨：當作冀，追慕。志介：志節。

7 蓋：掩蓋。

8 號（粵：豪；普：háo）群：呼喚同類。

9 苴（粵：追；普：jū）：已枯萎的草。比：聚合。

10 葺：整治。自別：自我區隔。

11 文章：指蛟龍的鱗甲。

12 荼（粵：圖；普：tú）：苦菜。薺（粵：齊；普：qí）：甜菜。不同畝：不同種植於一塊田中。

13 佳人：指屈原。都：美。

14 統世：世代。貺（粵：況；普：kuàng）：通「況」，自況即自許。

15 眇遠：遙遠。眇遠志即高遠之志。

16 相羊：同「徜徉」，來回不定的樣子。

17 介：耿介。惑：指不為人所理解。

18 佳人：屈原自稱。獨懷：胸懷不同於眾人。

19 自處：自我安排。

20 曾：屢次。歔欷：抽噎歎息。嗟嗟：歎息聲。

21 寤：覺醒。

22 恃：依靠。自恃即自我遣解。

23 愍憐：哀憐。於邑：即鬱悒，指氣促而不舒。

24 糺（粵：九；普：jiū）：同「糾」，纏合。纕（粵：雙；普：xiāng）：佩帶。

25 膺：胸，引申為背心。
26 仍：因循。
27 存：客觀事物。存髣髴指事物看不清楚。
28 踊躍：跳動。湯：沸水。
29 珮：玉佩。衽：衣襟。案志：壓抑心志。
30 超：遠。惘惘：失意的樣子。
31 曶曶（粵：忽；普：hū）：同「忽忽」，指光陰迅速。頹：墜落，指一年將盡。
32 旹（粵：時；普：shí）：同「時」，指老年。冉冉：漸漸。
33 薠蘅（粵：煩衡；普：fán héng）：白薠、杜蘅，皆香草。節離：節節斷離。
34 歇：消失。以：同「已」。比：並。
35 懲：克制，停止。
36 此言：以上所言。不可聊：無聊。
37 唫：古「吟」字。抆（粵：刎；普：wěn）：指拭。
38 放子：被放逐之人。
39 隱：痛。
40 昭：清楚。所聞：指彭咸的遺事。

賞析與點評

本段首先從秋風來臨、搖落蕙草起引，歎息小人道長、君子道消，又再次表述自己堅定不移的信念。隨後詩人又描寫了自己獨處放所之際，時而心煩意亂、時而萬念俱灰、時而激憤不已的情緒，可見其始終難以忘懷故國。

登石巒以遠望兮[1]，路眇眇之默默。入景響之無應兮[2]，聞省想而不可得[3]。愁鬱鬱之無快兮[4]，居戚戚而不可解[5]。心鞿羈而不開兮[6]，氣繚轉而自締[7]。穆眇眇之無垠兮[8]，莽芒芒之無儀[9]。聲有隱而相感兮[10]，物有純而不可為[11]。邈蔓蔓之不可量兮[12]，縹綿綿之不可紆[13]。愁悄悄之常悲兮[14]，翩冥冥之不可娛[15]。淩大波而流風兮[16]，託彭咸之所居。上高巖之峭岸兮[17]，處雌蜺之標顛[18]。據青冥而攄虹兮[19]，遂儵忽而捫天。吸湛露之浮涼兮[20]，漱凝霜之雰雰[21]。依風穴以自息兮[22]，忽傾寤以嬋媛[23]。馮崑崙以瞰霧兮[24]，隱岐山以清江[25]。憚涌湍之磕磕兮[26]，聽波聲之洶洶[27]。紛容容之無經兮[28]，罔芒芒之無紀[29]。軋洋洋之無從兮[30]，馳委移之焉止[31]。漂翻翻其上下兮[32]，翼遙遙其左右[33]。氾潏潏其前後兮[34]，伴張弛之信期[35]。觀炎氣之相仍兮[36]，窺煙液之所積[37]。悲霜雪之俱下兮，聽潮水之相擊。借光景以往來兮，施黃棘之枉策[38]。求介子之所存兮[39]，見伯夷之放跡[40]。心調度而弗去兮[41]，刻著志之無適[42]。

注釋

1 石巒：石山。
2 景：同「影」。
3 省：眼看。
4 無快：不樂。
5 居：蓋為思字之誤。
6 鞿（粵：機；普：jī）羈：馬韁與馬絡頭，指受拘束。
7 締：糾結。
8 穆：安靜。
9 莽芒芒：廣闊空曠。儀：形象。無儀指形象不分明。
10 隱：微。感：感應。
11 純：純潔。不可為：無可挽回。

12 藐：同「邈」，遙遠。蔓蔓：同「漫漫」。

13 縹：縹緲。綿綿：連綿不絕。紆：當作虞，測量。

14 悄悄（粵：tsiu^{2}；普：qiǎo）：憂愁的樣子。

15 翩：疾飛。冥冥：渺遠。

16 淩：乘。流風：隨風飄流。

17 上：攀登。峭岸：陡峭的山崖。

18 雌蜺：虹之一種，即副虹。古人以彩虹雙出時，色彩鮮艷的為雄，名虹，黯淡的為雌，名霓。「蜺」同「霓」。標顛：頂點。

19 青冥：青天。攄（粵：舒；普：shū）：舒。攄虹即吐氣成虹。

20 湛露：濃重的露水。浮涼：當作浮浮，露濃重的樣子。

21 漱：漱口。凝霜：濃霜。雰雰：即紛紛。

22 風穴：相傳為蘊生北風的洞穴。

23 傾寤：翻身醒來。嬋媛：同「嘽咺」，憂傷。

24 馮（粵：憑；普：píng）：倚靠。瞰：俯視。

25 隱：依憑。岐山：即岷山，在四川。

26 憚：畏懼。磕磕（粵：概；普：kē）：水石相擊的聲音。

27 洶洶：波濤聲。

28 紛容容：水波變亂的樣子。無經：沒有常規。

29 罔芒芒：廣闊無邊的樣子。無紀：無紀綱。

30 軋：壓，指波濤相疊。洋洋：水大貌。

31 委移：同「逶迤」。水流曲折貌。

32 漂：同「飄」。翻翻：形容波濤此起彼落。

33 翼：指兩側波浪如鳥翼。遙遙：通「搖搖」。

34 氾：同「泛」。潏潏（粵：jyt[9]；普：yù）：水湧出貌。

35 張弛：指潮汐的漲落。信期：指潮訊。

36 相仍：相因不已。

37 煙：上升之雲氣。液：下降之液體，即雨。積：聚集。

38 黃棘：有刺的荊條。枉策：曲形的馬鞭。將黃棘製鞭，驅馬前行，馬受刺創而行更急速。有時不我待之意。

39 介子：介子推。所存：所隱居之處。

40 放跡：放逐之處。

41 調度：考慮。弗去：不能決定。

42 刻著：銘刻牢著。無適：別無他從。

賞析與點評

本段寫詩人認為生無可戀，決定赴水而死的思慮。詩人站在石巒上眺望，只顧無人，呼之無響，恰似楚國國勢的江河日下，令人心痛。在一片蕭瑟寂寥之中，詩人益發感到自己要效法彭咸。他甚至幻想自己投水以後，魂魄神遊六合，遠離塵寰，如此才能與自己仰慕的先賢們相應相隨。

曰[1]：吾怨往昔之所冀兮，悼來者之悐悐[2]。浮江淮而入海兮，從子胥而自適。望大河之洲渚兮，悲申徒之抗跡[3]。驟諫君而不聽兮[4]，重任石之何益[5]！心絓結而不解兮[6]，思蹇產而不釋[7]。

注釋

1 曰：即亂曰。

2 惄惄（粵：惕；普：tì）：同「惕」，警惕。

3 申徒：申徒狄，殷紂王的賢臣。屢次進諫不聽，投河而死。抗跡：高尚的事跡。

4 驟：多次。

5 重任石：當作「任重石」。任：抱、負。

6 絓結：鬱結。

7 蹇產：糾纏。釋：消解。

賞析與點評

作為收結全篇的亂詞，本段依然表露出矛盾的心情：如果自己的死對君王毫無助益，那麼投水是否枉然之舉呢？拿此段與〈懷沙〉相比，可見詩人這時站在命運的分岔口，對於前路的選擇尚有顧慮。

遠遊

本篇導讀——

根據王逸的序文，〈遠遊〉為屈原所作。屈原徜徉於山澤之間，心中鬱結無人可訴，於是抒發妙思，託言仙遊。〈遠遊〉是〈離騷〉「遠逝自疏」的特寫。明末黃文煥以〈遠遊〉之語但云仙遊，無大悲恨，故當作於懷王被因於秦而尚未去世時。當時屈原雖不為頃襄所用，卻猶未迫遷。〈遠遊〉全篇可分為四段。從「悲時俗之迫阨兮」到「余將焉所程」為第一段，講述自己獨處天地之間，鬱結悲傷，於是想遠遊求仙。第二段由「重曰」到「神要眇以淫放」，寫詩人從仙人王子喬處學得求仙之道，作好了遠遊的準備。第三段從「嘉南州之炎德兮」到「為余先乎平路」，敍述遠遊的過程，從南州上天庭，經東方而至西方，又因懷念故鄉而往南欣賞仙樂，最後來到北方。第四段從「經營四荒兮」到「與泰初而為鄰」是總結，講述遠遊後悟出超然無為的哲理。本篇被視為後世遊仙詩之祖，劉勰將之與〈天問〉並稱，讚賞其「瑰詭而惠巧」，知其藝術造詣之不俗。近代以來，有學者認為〈遠遊〉所含神仙真人的內容與屈原其他作品不類，懷疑並非屈原之作。不過，作為一位對諸子百家抱持開放態度的詩人，在不同創作階段呈現出不同的思想傾向是很自然的。在沒有進一步證據的情況下，我們仍應將〈遠遊〉的著作權歸於屈原。

悲時俗之迫阨兮[1]，願輕舉而遠遊[2]。質菲薄而無因兮[3]，焉託乘而上浮[4]？遭沉濁而汙穢兮，獨鬱結其誰語！夜耿耿而不寐兮[5]，魂煢煢而至曙[6]。惟天地之無窮兮，哀人生之長勤。往者余弗及兮，來者吾不聞。步徙倚而遙思兮[7]，怊惝怳而乖懷[8]。意荒忽而流蕩兮，心愁悽而增悲。神儵忽而不反兮[9]，形枯槁而獨留[10]。內惟省以端操兮[11]，求正氣之所由。漠虛靜以恬愉兮，澹無為而自得。聞赤松之清塵兮[12]，願承風乎遺則[13]。貴真人之休德兮[14]，美往世之登仙。與化去而不見兮[15]，名聲著而日延。奇傅說之託辰星兮[16]，羨韓眾之得一[17]。形穆穆以浸遠兮[18]，離人群而遁逸。因氣變而遂曾舉兮[19]，忽神奔而鬼怪[20]。時髣髴以遙見兮[21]，精皎皎以往來[22]。絕氛埃而淑尤兮[23]，終不反其故都。免眾患而不懼兮，世莫知其所如。恐天時之代序兮，耀靈曄而西征[24]。微霜降而下淪兮[25]，悼芳草之先蓋[26]。聊仿佯而逍遙兮[27]，永歷年而無成！誰可與玩斯遺芳兮[28]？長鄉風而舒情[29]。高陽邈以遠兮[30]，余將焉所程[31]？

注釋

1 迫阨（粵：握；普：è）：脅迫困阻。

2 輕舉：高飛求仙。

3 質：體質。菲薄：淺薄。無因：沒有因緣。

4 焉託乘：以什麼來寄託和乘載己身。

5 耿耿：心中有事而不安。

6 煢煢：孤獨的樣子。

7 徙倚：徘徊。遙思：思緒飄盪。

8 怊（粵：超；普：chāo）：惆悵。惝怳（粵：敞訪；普：chǎng huǎng）：失意的樣子。乖懷：違背心願。

9 神：神魂。儵忽：剎那間。反：同「返」。

10 形：形骸。

11 惟省：思想反省。端操：端正操守。

12 赤松：赤松子，上古仙人。清塵：走路、駕車時揚起的飛塵，指赤松子的足跡。

13 承風：繼承遺風。

14 真人：修真得道的人。休德：美德。

15 化去：成仙後與天地造化同去。

16 傳說（粵：悅；普：yuè）：殷王武丁的宰輔，相傳死後精魂上天，騎乘星宿。韓眾：即韓終，齊人，為王採藥，王不肯服，於是自服而成仙。

17 得一：得道。

18 穆穆：通「默默」，寂靜的樣子。浸：漸。

19 因：因循。氣變：體內真氣的變化。曾：同「增」，曾舉指高飛。

20 神奔：如天神般迅疾奔馳。鬼怪：如精靈般變化怪異。

21 髣髴（粵：紡拂；普：fǎng fú）：若隱若現的樣子。

22 精：精神。皎皎：光明。精皎皎有神清氣朗之意。

23 絕：超越。氛埃：世俗的濁氣埃塵。淑：善。尤：當作郵，經過之意。淑郵指美好的旅程。

24 耀靈：太陽。曄：燦爛的樣子。

25 下淪：下沉。

26 蘦（粵：零；普：líng）：同「零」，凋謝。

27 仿佯：同「彷徉」，即彷徨、徘徊。逍遙：亦徘徊意。

28 玩：珍愛。

29 鄉風：通「向風」。

30 高陽：高陽氏，即古帝顓頊。

31 程：效法。

賞析與點評

仙與神是兩種不同的概念。神為本身固存的靈體，仙是由凡人道成肉身所化。仙人思想的基礎是長生不老的願望，而這種願望與物質生活日益豐富有着必然的關係。不過，屈原在篇首所交待遠遊求仙的主要動機，並不是長生久視，而是「悲時俗之迫阨」：作為宗室大臣，他無法離開楚國；但偌大一個楚國已經容不下他，因此只能寄心仙界。〈離騷〉中已有這種情緒出現，可說是〈遠遊〉一篇的發端。不過〈離騷〉的主角在三次精神飛行後依然眷顧楚國，而〈遠遊〉仙去之思卻更為果決。這種果決正好反映出屈原對楚政的失望。

重曰[1]：春秋忽其不淹兮[2]，奚久留此故居[3]？軒轅不可攀援兮[4]，吾將從王喬而娛戲[5]！餐六氣而飲沆瀣兮[6]，漱正陽而含朝霞[7]。保神明之清澄兮，精氣入而麤穢除[8]。順凱風以從遊兮[9]，至南巢而壹息[10]。見王子而宿之兮[11]，審壹氣之和德[12]。曰[13]：「道可受兮[14]，而不可傳；其小無內兮[15]，其大無垠[16]；毋滑而魂兮[17]，彼將自然[18]；壹氣孔神兮[19]，於中夜存[20]；虛以待之兮，無為之先；庶類以成兮[21]，此德之門。」聞至貴而遂徂兮[22]，忽乎吾將行。仍羽人於丹丘兮[23]，留不死之舊鄉。朝濯髮於湯谷兮[24]，夕晞余身兮九陽[25]。吸飛泉之微液兮[26]，懷琬琰之華英[27]。玉色頩以脕顏兮[28]，精醇粹而始壯。質銷鑠以汋約兮[29]，神要眇以淫放[30]。

注釋

1 重曰：新樂章的開始，有承上啟下的作用。

2 忽：快速。淹：停留。

3 奚：為何。

4 軒轅：即黃帝。相傳黃帝在鼎湖乘龍仙去，後宮和群臣攀緣龍鬚同去者有七十餘人。

5 王喬：即王子喬，周靈王之子，傳說得道成仙。

6 六氣：天地四時的六種精氣。沆瀣（粵：航械；普：hàng xiè）：北方夜半的露氣。

7 漱：吮。正陽：南方日中氣。

8 精氣：即前文所言六氣。麤（粵：粗；普：cū）穢：粗雜污穢之氣。

9 凱風：南風。

10 南巢：古地名，在今安徽，此處蓋泛指南方。壹息：稍作休憩。

11 王子：即王子喬。宿：通「肅」，禮敬之意。

12 審：詢問。壹氣：精純之氣。和德：中和無偏的德性。

13 曰：以下數句為王子喬的回答。

14 受：心授。

15 內：同「納」，無納指小得無法容納任何物體。

16 無垠（粵：銀；普：yín）：無邊。

17 滑：紊亂。而：你的。

18 彼：指道。

19 孔：大。孔神指非常神妙。

20 於中夜存：自存於夜半虛靜之時。

21 庶：眾。類：物類。

22 **至貴**：指王子喬的至妙之言。**徂**：前往。

23 **仍**：追隨。**羽人**：羽化升天的仙人。**丹丘**：又名丹穴，相傳在中州以南，為日光常照、仙人所居。

24 **濯**：洗滌。**湯谷**：即暘谷，日出之處。

25 **晞**（粵：希；普：xī）：曬乾。**九陽**：天地之涯、日落之處。

26 **飛泉**：崑崙西南的神泉。

27 **琬琰**（粵：婉染；普：wǎn yǎn）：美玉。**華英**：指玉之精華。

28 **頩**（粵：娉；普：pīng）：淺赤色，指氣色紅潤。**脕**（粵：漫；普：wǎn）：光澤。脕顏指臉上有光澤。

29 **銷鑠**：金屬鎔解。質銷鑠謂凡質消解。**汋約**：同「綽約」，體態柔美。**神**：精神。

30 **要眇**（粵：腰秒；普：yāo miǎo）：美好。**淫放**：灑脫無拘。

賞析與點評

當今人們也許視神仙之道為虛妄，但王子喬數語仍可說是養生修道的法門：不營役於己務，不受制於外物，身心入定，方能如如自在、既壽且康。

嘉南州之炎德兮[1]，麗桂樹之冬榮[2]。山蕭條而無獸兮，野寂漠而無人[3]。載營魄而登霞兮[4]，掩浮雲而上征。命天閽其開關兮[5]，排閶闔而望予[6]。召豐隆使先導兮[7]，問大微之所居[8]。集重陽入帝宮兮[9]，造旬始而觀清都[10]。朝發軔於太儀兮[11]，夕始臨乎於微閭[12]。屯余車之萬乘兮[13]，紛溶與而並馳[14]。駕八龍之婉婉兮，載雲旗之逶蛇。建雄虹之采旄兮[15]，五色雜而炫燿。服偃蹇以低昂兮[16]，驂連蜷以驕鶩[17]。騎膠葛以雜亂兮[18]，斑漫衍而方行[19]。撰余轡而正策兮[20]，吾將過乎句芒[21]。歷太皓以右轉兮[22]，前飛廉以啟路[23]。陽杲杲其未光兮[24]，凌天地以徑度[25]。風伯為余先驅兮，氛埃辟而清涼[26]。鳳皇翼其承旂兮，遇蓐收乎西皇[27]。攬彗星以為旍兮[28]，舉斗柄以為麾[29]。叛陸離其上下兮[30]，遊驚霧之流波[31]。時曖曃其曭莽兮[32]，召玄武而奔屬[33]。後文昌使掌行兮[34]，選署眾神以並轂[35]。路曼曼其修遠兮，徐弭節而高厲[36]。左雨師使徑待兮，右雷公以為衛。欲度世以忘歸兮[37]，意恣睢以担撟[38]。內欣欣而自美兮，聊媮娛以自樂。涉青雲以汎濫游兮[39]，忽臨睨夫舊鄉[40]。僕夫懷余心悲兮，邊馬顧而不行[41]。思舊故以想像兮，長太息而掩涕。氾容與而遐舉兮，聊抑志而自弭[42]。指炎神而直馳兮[43]，吾將往乎南疑[44]。覽方外之荒忽兮，沛罔瀁而自浮[45]。祝融戒而還衡兮[46]，騰告鸞鳥迎宓妃[47]。張《咸池》奏《承雲》兮[48]，二女御《九韶》歌[49]。

使湘靈鼓瑟兮[50]，令海若舞馮夷[51]。玄螭蟲象並出進兮[52]，形蟉虯而逶蛇[53]。雌蜺便娟以增撓兮[54]，鸞鳥軒翥而翔飛[55]。音樂博衍無終極兮[56]，焉乃逝以徘徊。舒并節以馳騖兮[57]，逴絕垠乎寒門[58]。軼迅風於清源兮[59]，從顓頊乎增冰[60]。歷玄冥以邪徑兮[61]，乘間維以反顧[62]。召黔嬴而見之兮[63]，為余先乎平路。

注釋

1 嘉：稱許。南州：即上文所言丹丘。炎德：南方於五德屬火，故云。

2 麗：讚美。冬榮：冬天不凋。

3 「山蕭條」兩句：極言寂靜無擾的境界。

4 營魄：即魂魄。登霞：上升於雲天，指成仙。

5 天閽：天庭的看門者。開關：打開門閂。

6 排：推開。閶闔：天門。望予：指等候我。

7 豐隆：雲神。

8 大微：即太微垣，星座名，為三垣的上垣，相傳為天帝的南宮。

9 集：止留。重陽：天為陽，有九重，故曰重陽。

10 造：至。旬始：皇天。清都：天帝所居。

11 發軔：發車。太儀：太儀殿，天庭諸神習演威儀之處。

12 微閭：醫巫閭山，仙境，相傳為玉山。

13 屯：聚集。

14 溶與：即「容與」，緩行的樣子。

15 雄虹：見〈悲回風〉雌蜺注。采：同「彩」。旄（粵：毛；普：máo）：旗幟。

16 服：四匹馬駕車，居中兩匹稱為「服」，居外兩匹稱為「驂」。偃蹇：夭矯自得的樣子。低昂：一低一昂。

17 連蜷：捲曲的樣子。驕鶩（粵：傲；普：ào）：馬行縱恣的樣子。

18 騎（粵：冀；普：jì）：車馬。膠葛：同「糾葛」，雜亂交錯。

19 斑：通「班」，排列。漫衍：延綿不絕的樣子。

20 撰余轡（粵：佩；普：pèi）：見〈九歌・東君〉注。正策：整頓馬鞭。

21 過（粵：戈；普：guō）：拜訪。句（粵：歐；普：gōu）芒：木神名，東方天帝太皞之佐。

22 太皓：同「太皞」，東方天帝，即伏羲。

23 飛廉：風伯。啟路：開路。

24 陽：太陽。杲杲（粵：稿；普：gǎo）：光明。

25 凌：超騰。徑度：逕直越過。

26 辟：排除。

27 蓐（粵：肉；普：rù）收：西方金神，少皥之佐。西皇：西方上帝少皥。

28 旍（粵：晶；普：jīng）：同「旌」，旗幟。

29 斗柄：北斗之柄。麾：亦旌旗。

30 叛：分散的樣子。

31 驚霧：浮動的雲氣。流波：指雲霧如水流動。

32 曖曃（粵：藹代；普：ài dài）、曭（粵：躺；普：dǎng）莽：皆昏暗迷蒙的樣子。

33 玄武：二十八宿中北方七宿的統稱，形象為龜蛇合體。奔屬：奔走隨從。

34 文昌：星官名。掌行：掌領從行的隊伍。

35 選署：揀選安置。並轂（粵：谷；普：gǔ）：並車前行。

36 弭節：停車。參見〈九歌・湘君〉注。高厲：當讀作高邁，高飛遠行之意。

37 度世：從塵世超脱。

38 恣睢（粵：雖；普：suī）：放任自適。担撟（粵：擔矯；普：dān jiǎo）：當作揭撟，飛升高舉之意。

39 汎濫：廣博。

40 臨睨（粵：魏；普：nì）：居高臨下地斜視。

41 邊馬：即驂。以上數句襲用〈離騷〉。

42 自弭：自我按捺寬解。

43 炎神：南方火神祝融。

44 南疑：南方的九嶷山。

45 沛：水流的樣子。罔瀁（粵：漾；普：yàng）：水勢浩淼無涯貌。

46 還：旋轉。衡：車轅前的橫木。還衡指引車他去。

47 宓妃：伏羲氏之女，洛水女神。

48《咸池》、《承雲》：黃帝樂曲名。

49 二女：舜妃娥皇、女英。《九韶》：舜時樂曲。

50 湘靈：即湘水之神。

51 海若：海神名。馮夷：河伯名。

52 蟲象：即罔象，水怪。

53 蟉（粵：流；普：liú）虯：盤繞屈曲的樣子。蜲蛇（粵：威移；普：wēi yí）：彎曲延伸的樣子。

54 便（粵：pin⁴；普：pián）娟：輕盈美好。增撓：通「層繞」。

55 軒：高。翥（粵：注；普：zhù）：飛。

56 博衍：寬廣延綿。

57 舒：放任。并節：即並馳。

58 逴（粵：卓；普：chuō）：遠。絕垠：天邊。寒門：北極之門。

59 軼：超前。迅風：疾風。清源：傳說中八風之府。

60 顓頊（粵：專郁；普：zhuān xū）：北方上帝。

61 玄冥：北方水神，顓頊之佐。邪徑：指道路阻塞。

62 乘：登上。間維：即斡維，天體中軸所繫的繩索。

63 黔嬴（粵：鉗迎；普：qián yíng）：即黔雷，造化之神。

賞析與點評

本段可謂全篇的主體，敍述了詩人觀覽天宮後，次第與東方天帝太昊（又名太皞，即伏義）、西方金神蓐收、南方火神祝融和北方天帝顓頊過從的遠遊歷程。全段文筆酣暢恣肆，流露出不同於〈離騷〉的愉悦感。不過在來到南方時，詩人依然有「臨睨舊鄉」的舉動，顯示他並未忘情於楚國。接下來對於南方旅程的描述，篇幅最宏大，色調最瑰麗，氣氛最熱烈，也許只有如此才能消解屈原心中的鄉愁罷！

經營四荒兮[1]，周流六漠[2]。上至列缺兮[3]，降望大壑[4]。下崢嶸而無地兮[5]，上寥廓而無天[6]。視儵忽而無見兮，聽惝怳而無聞[7]。超無為以至清兮[8]，與泰初而為鄰[9]。

注釋

1 經營：往來周旋。
2 六漠：上下四方的廣漠。
3 列缺：天蓋的縫隙，閃電發出之處。
4 降望：俯視。大壑（粵：確；普：hè）：大海。
5 崢嶸（粵：爭榮；普：zhēng róng）：深遠浩渺的樣子。
6 寥廓：寬廣無邊的樣子。
7 惝怳：模糊不清貌。
8 超：超越。無為：道家理念，渾淪自然之意。
9 泰初：宇宙元氣，即至道。

賞析與點評

《老子》云：「道之為物，惟恍惟惚。惚兮恍兮，其中有象。恍兮惚兮，其中有物。」此段「視儵忽而無見兮，聽惝怳而無聞」兩句，正描述了個體與至道合一時的狀態。

卜居

本篇導讀——

居，處也。卜居即占卜如何自處於世、安身立命。朱熹皆以此篇為屈原所作，動機為詩人哀憫當世的人習安邪佞、違背正道，因此假裝不知正邪二道的是非可否，而將假占卜為發端，申述取捨之義，以警世俗。洪興祖則以本篇和〈漁父〉「皆假設問答以寄意」。元代祝堯繼而認為，本篇（〈漁父〉亦然）的對答乃是虛設之辭，其後司馬相如、揚雄、班固、張衡、左思等人所作大賦皆仿效之，其説甚是。進而言之，本篇為賦所繼承發展的特徵可歸納成幾點：一、虛設主客問答；二、小引以散文對話為主；三、正文為韻文，卻又有韻散夾雜的傾向；四、正文以鋪敘的方式來寫作。楚辭作品中，〈招魂〉和〈漁父〉相比更符合上述幾點特徵，且上帝與巫陽的對話必為虛設之辭。由此推之，本篇及〈漁父〉的問答是否真有其事，便有可質疑之處了。今人或仍以本篇為屈原所作，或以其為楚人在屈原死後以其傳説寫就的悼念之作，尚無定論。然而，本篇所反映的屈原追求真理、不苟於俗的精神，卻不會因為著作者的疑問而有所改變。

屈原既放三年[1]，不得復見[2]。竭知盡忠，而蔽鄣於讒[3]。心煩慮亂，不知所從。乃往見太卜鄭詹尹[4]，曰：「余有所疑，願因先生決之[5]。」詹尹乃端策拂龜曰[6]：「君將何以教之？」

注釋

1 放：放逐。

2 復見：指重見楚王。

3 蔽障：遭到遮蔽阻障。

4 太卜：國家掌卜筮之官。一說詹通「占」，鄭詹尹即來自鄭國的卜者。

5 因：憑藉。

6 端：正。策：蓍草。拂：拭。龜：龜甲。

賞析與點評

以上為小引，講述屈原請求占卜的原因。相信此篇為屈原所作的學者，多依據「既放三年」而推考此篇作於頃襄王初年的江南之野。鄭詹尹其人，並不見於他書記載。可疑的是，鄭詹尹既然是掌管國家卜筮的官員，一般當在郢都。屈原既已流放，怎可能隨時登門拜訪？若會面之處不在郢都，鄭詹尹又因何故要遠赴偏僻的江南之野？

屈原曰：「吾寧悃悃款款朴以忠乎[1]？將送往勞來斯無窮乎[2]？寧誅鋤草茅以力耕乎[3]？將游大人以成名乎[4]？寧正言不諱以危身乎？將從俗富貴以媮生乎[5]？寧超然高舉以保真乎？將哫訾栗斯、喔咿嚅兒以事婦人乎[6]？寧廉潔正直以自清乎？將突梯滑稽、如脂如韋以潔楹乎[7]？寧昂昂若千里之駒乎？將氾氾若水中之鳧[8]，與波上下、偷以全吾軀乎？寧與騏驥亢軛乎[9]？將隨駑馬之跡乎[10]？寧與黃鵠比翼乎[11]？將與雞鶩爭食乎[12]？此孰吉孰凶？何去何從？世溷濁而不清：蟬翼為重，千鈞為輕[13]；黃鐘毀棄[14]，瓦釜雷鳴[15]；讒人高張，賢士無名。吁嗟默默兮[16]，誰知吾之廉貞？」

注釋

1 悃悃（粵：菌；普：kǔn）款款：誠實勤懇的樣子。朴：質樸。

2 送往勞來：指隨處周旋。無窮：指無休止。

3 誅：翦除。

4 大人：指貴幸者。

5 媮：同「偷」。

6 哫訾（粵：竹紫；普：zú zǐ）：以言語求媚。栗斯：阿諛詭隨。喔咿嚅（粵：如；普：rú）兒：強顏歡笑的樣子。婦人：指懷王寵妃鄭袖。

7 突梯：油滑輕佻的樣子。滑（粵：骨；普：gǔ）稽：一種能轉注吐酒而不竭的酒器，引申為伶牙俐齒、諂媚不絕的樣子。如脂如韋：如油脂般光滑、熟牛皮般柔軟，指善於應對自處。潔（粵：揭；普：xié）：通「絜」，測量。楹：屋柱。潔楹指測量屋柱時隨圓順轉，引申為圓滑從俗。

8 鳧（粵：符；普：fú）：野鴨。

9 亢：舉。軛：車轅前橫木。亢軛即並驅。

10 駑馬：劣馬。

11 黃鵠：黃鶴。比翼：並翅而飛。

12 鶩：鴨子。

13 千鈞：古制三十斤為一鈞，千鈞指極重之物。

14 黃鐘：十二律之一，聲調最為宏大。

15 瓦釜：陶制的鍋。

16 吁（粵：虛；普：xū）嗟：慨歎的聲音。

賞析與點評

以上為〈卜居〉的正文，皆為屈原之辭，共計八對問題，一如洪興祖所論：「上句皆原所從，下句皆原所去。」換言之，屈原對於何去何從已經瞭然於心，小引所云「心煩慮亂，不知所從」只是表示流放未久的屈原還沒習慣如何與困境相處，卻絲毫沒有委心從俗之意。此外，屈原的「疑難」本可如洪興祖所言，以所從與所去概括之，卻鋪演為八對問題，從不同角度自述高潔的情懷，又纖毫畢現地描繪了小人無所不用其極的醜態，此正為漢賦體物瀏亮之濫觴。再者，儘管此段為韻文，但散文性依然很強，故八對問題的句式參差不齊、變化多端，頗有酣暢淋漓之概。

詹尹乃釋策而謝曰[1]：「夫尺有所短，寸有所長[2]，物有所不足，智有所不明，數有所不逮[3]，神有所不通。用君之心，行君之意。龜策誠不能知此事。」

注釋

1 釋策：放下蓍草。謝：謝絕。

2 尺有所短，寸有所長：指物無大小，各有其用。

3 數：卦數。逮：及。

賞析與點評

以上鄭詹尹的回答為結語，仍為韻文。《左傳》云：「卜以決疑，不疑何卜？」鄭詹尹放下蓍草，顯示他很清楚屈原此行並非為了占卜，而是抒發胸中的憤懣。他鼓勵屈原「用君之心，行君之意」，似為冷語，實際上卻對屈原表示了肯定。

近人王國維說：「知屈子者，唯詹尹一人。」所言甚是。

漁父

本篇導讀——

漁父即漁翁。父音甫，為老年男子的美稱。本篇與〈卜居〉屬於同一類型的作品。朱熹、祝堯、吳訥等古代學者認為，漁父當為隱遁之士，如巢父、許由、荷蕢丈人之屬。和屈原一樣，隱居的漁父對於現實也有頗多不滿，但他顯然是道家者流，講求保身遠害，不欲強出頭，這是他與忠愛進取的屈原最大不同之處。故本篇所記載屈原和漁父的一場小論辯中，誰也說服不了誰。道不同不相為謀，兩人最後只能各行其志。近人馬茂元指出，司馬遷在〈屈原列傳〉中錄入〈懷沙〉和本篇的全文，於〈懷沙〉標明為屈原所作，於本篇則把它當作有關屈原生平的紀錄直接引用，可證司馬遷並沒有把本篇看成屈原的作品。其說可從。

屈原既放，游於江潭[1]，行吟澤畔[2]，顏色憔悴，形容枯槁[3]。

注釋

1 江：指沅江。潭：深淵。

2 行吟：且行且吟。

3 形容：形體與面容。

賞析與點評

以上寥寥數筆，即繪出一幅屈子行吟圖。

漁父見而問之曰：「子非三閭大夫與[1]？何故至於斯！」屈原曰：「舉世皆濁我獨清，眾人皆醉我獨醒。是以見放！」漁父曰：「聖人不凝滯於物[2]，而能與世推移[3]。世人皆濁，何不淈其泥而揚其波[4]？眾人皆醉，何不餔其糟而歠其釃[5]？何故深思高舉[6]，自令放為[7]？」屈原曰：「吾聞之：新沐者必彈冠[8]，新浴者必振衣[9]；安能以身之察察[10]，受物之汶汶者乎[11]！寧赴湘流，葬於江魚之腹中。安能以皓皓之白[12]，而蒙世俗之塵埃乎！」

注釋

1 三閭大夫：管理楚國王族屈、景、昭三姓事務的官員。屈原曾擔任此官。

2 凝滯：拘泥、執着。

3 與世推移：從流隨俗。

4 淈（粵：骨；普：gǔ）：攪濁。

5 餔（粵：煲；普：bū）：吃。糟：酒糟。歠（粵：輟；普：chuò）：飲。釃（粵：詩；普：shī）：薄酒。

6 高舉：高飛，指遺世獨立。

7 令：使得。放：流放。為：疑問句的句末語氣詞。

8 沐：洗頭髮。彈冠：彈去冠上的灰塵。

9 浴：洗身體。振衣：搖掉衣上的泥垢。

10 察察：潔白的樣子。

11 汶汶（粵：問；普：wèn）：沾污。

12 皓皓之白：指無瑕的品格。

賞析與點評

以上為漁父與屈原的對話主體，亦多韻文。屈原的獨清獨醒，漁父不以為然。但值得注意的是，漁父所説的與世推移、淈泥揚波、餔糟歠釃，並非指同流合污，而是以保全本性為前提，以俟來日；假如直斥眾人之非而危身，也等不到天下有道的那天。然而，屈原一向自我標榜砥礪的卻是寧直不曲、不苟於俗，他不能接受漁父的建議，是毋庸置疑的。

漁父莞爾而笑[1]，鼓枻而去[2]，乃歌曰：「滄浪之水清兮[3]，可以濯吾纓[4]。滄浪之水濁兮，可以濯吾足。」遂去，不復與言。

注釋

1 莞爾：微笑的樣子。

2 鼓枻（粵：曳；普：yì）：叩打船槳。

3 滄浪（粵：狼；普：láng）：水名，漢水的支流。

4 纓：冠糸。

賞析與點評

漁父所唱的〈滄浪歌〉，也見於《孟子・離婁》，為孔子適楚時聽到一個孩子所唱的，可知原本是首童謠。其複沓的體式、敘事性的內容，與今日的童謠的確一脈相承。孔子聞後，就此歌申發大義道：「清斯濯纓，濁斯濯足矣，自取之也。」孟子進而闡釋：「人必自侮，然後人侮之；家必自毀，而後人毀之；國必自伐，而後人伐之。〈太甲〉曰：『天作孽，猶可違；自作孽，不可活。』此之謂也。」意即一人的榮辱、一家的盛衰，乃至一國的興亡，實繫於其自身。如果錯誤判斷時勢、逆時背道而遭致失敗，就是咎由自取。然而漁父為道家之徒，未必會完全採用儒家的詮解。《文選》五臣注的解釋更為合理：「清喻明時，可以修飾冠纓而仕也。濁喻亂世，可以抗足遠去。」則其內涵仍是與世推移之意，點出處世要因應治亂而採取不同的態度。由此可見，短短一首〈滄浪歌〉就有三重內涵：童謠、儒家哲理及道家哲理。〈漁父〉的篇幅本不甚長，又以〈滄浪歌〉作結，尤顯搖曳雋永之致。

九辯

本篇導讀——

本篇為宋玉所作。宋玉年輩視屈原為晚，或云係屈原門徒，曾事楚頃襄王。善辭賦，《漢書·藝文志》著錄有賦十六篇，包括本篇及〈風賦〉、〈高唐賦〉、〈神女賦〉、〈登徒子好色賦〉等。〈九辯〉之「辯」，或曰「變」，即更奏之意，或曰「遍」，即樂章之意。近人朱季海則以為是「抃」字的假借，即兩手相擊、鼓掌之意。王逸謂本篇為宋玉哀憫屈原所作，實為臆測。玩其文義，當是宋玉晚年罷官居鄉，時逢深秋自憫之作，雖與〈離騷〉之自敍性質相似，但以個人悲欣得失為主軸，較少〈離騷〉於國計民生的關懷。不過，本篇較〈離騷〉更注重章法結構，更多賦筆，句式也更為靈活多變，多用虛詞，甚至參用了散文句法，運以散文氣勢，是由辭向賦發展過程中承上啟下的重要作品。此外，本篇為文學史上第一篇以悲秋為主題的詩作，其情調纏綿而温厚，極富感染力。

悲哉秋之為氣也！蕭瑟兮草木搖落而變衰[1]。憭慄兮若在遠行[2]，登山臨水兮送將歸。泬寥兮天高而氣清[3]，寂寥兮收潦而水清[4]。憯悽增欷兮薄寒之中人[5]，愴怳懭悢兮去故而就新[6]，坎廩兮貧士失職而志不平[7]，廓落兮羈旅而無友生[8]，惆悵兮而私自憐。燕翩翩其辭歸兮，蟬寂漠而無聲。鴈廱廱而南遊兮[9]，鶤雞啁哳而悲鳴[10]。獨申旦而不寐兮，哀蟋蟀之宵征[11]。時亹亹而過中兮[12]，蹇淹留而無成。

注釋

1 蕭瑟：陰冷急促貌。

2 憭慄（粵：聊栗；普：liáo lì）：悽愴。

3 泬（粵：血；普：xuè）寥：曠蕩空虛貌。

4 潦（粵：老；普：lǎo）：積水。收潦而水清：川水夏濁，至秋而清。

5 憯（粵：慘；普：cǎn）悽：悲痛貌。薄：同「迫」。

6 愴怳、懭悢（粵：曠亮；普：kuàng liàng）：皆失意的樣子。

7 坎廩（粵：砍凜；普：kǎn lǐn）：困窮。失職：被貶斥削職。

8 廓落：空寂。羈旅：旅舍。友生：友人。

9 靡靡（粵：翁；普：yōng）：雁鳴聲。

10 鵾（粵：昆；普：kūn）雞：似鶴，紅喙長頸，羽毛黃白。啁哳（粵：嘲紮；普：zhāo zhā）：聲繁細貌。

11 宵征：夜行。

12 亹亹（粵：美；普：wěi）：行貌。過中：度過中年。

賞析與點評

以上是本篇的第一段，為因秋興感之辭。秋氣蕭瑟，令詩人想到無衣、去故、失職、無友等各種不幸，徹夜難眠。

悲憂窮戚兮獨處廓[1]，有美一人兮心不繹[2]。去鄉離家兮徠遠客[3]，超逍遙兮今焉薄[4]？專思君兮不可化[5]，君不知兮可奈何！蓄怨兮積思，心煩憺兮忘食事[6]。願一見兮道余意，君之心兮與余異。車既駕兮朅而歸[7]，不得見兮心傷悲。

倚結軨兮長太息[8]，涕潺湲兮霑軾[9]。忼慨絕兮不得[10]，中瞀亂兮迷惑[11]。私自憐兮何極[12]。心怦怦兮諒直。

注釋

1 戚：悲哀。廓：空曠。
2 有美一人：指有德之人。繹：通「懌」，愉悅。
3 徠：來。遠客：寓居遠方。
4 超：遠。逍遙：流蕩不止的樣子。焉薄：來到何處。
5 專：一心一念。君：國君。化：改變。
6 憺：憂慮。忘食事：忘了進食與工作。
7 朅（粵：揭；普：qiè）：離去。
8 結軨（粵：玲；普：líng）：古時馬車車箱的木格，形似窗櫺。
9 軾：馬車前的扶手橫木。
10 忼（粵：慷；普：kāng）慨：同「慷慨」，情緒激憤。
11 瞀（粵：茂；普：mào）亂：昏沉紊亂。
12 極：窮盡。怦怦（粵：烹；普：pēng）：心急貌。

賞析與點評

以上為第二段，進一步敘述自己不受知於君的坎坷遭遇。

皇天平分四時兮[1]，竊獨悲此凜秋。白露既下百草兮，奄離披此梧楸[2]。去白日之昭昭兮[3]，襲長夜之悠悠[4]。離芳藹之方壯兮[5]，餘萎約而悲愁[6]。秋既先戒以白露兮，冬又申之以嚴霜。收恢台之孟夏兮[7]，然欿傺而沉藏[8]。葉菸邑而無色兮[9]，枝煩挐而交橫[10]。顏淫溢而將罷兮[11]，柯彷彿而萎黃。萷櫹椮之可哀兮[12]，形銷鑠而瘀傷[13]。惟其紛糅而將落兮，恨其失時而無當。攬騑轡而下節兮[14]，聊逍遙以相佯[15]。歲忽忽而遒盡兮[16]，恐余壽之弗將[17]。悼余生之不時兮，逢此世之俇攘[18]。澹容與而獨倚兮[19]，蟋蟀鳴此西堂。心怵惕而震盪兮[20]，何所憂之多方[21]？卬明月而太息兮[22]，步列星而極明[23]。

注釋

1 四時：四季。

2 奄：忽然。離披：分散的樣子。梧楸：梧桐、楸樹，皆早凋。
3 昭昭：光明。
4 襲：承襲，指進入。
5 藹：繁茂。壯：盛年。
6 萎約：枯萎，引申指老病。
7 恢台：廣大繁茂的樣子。孟夏：當作盛夏。
8 欿（粵：砍；普：kǎn）：同「坎」，沉陷。傺：終止。沉藏：沉埋收藏。
9 菸邑（粵：煙泣；普：yū yì）：枯萎的樣子。
10 煩挐（粵：如；普：rú）：紛亂。
11 顏：容顏，指草木的顏色。淫溢：過度。罷（粵：皮；普：pí）：同「疲」，凋零。
12 蕭（粵：梢；普：shāo）：同「梢」，樹梢。櫹槮（粵：蕭心；普：sù sēn）：樹枝葉落而光禿的樣子。
13 銷鑠：銷鎔，引申指摧殘。瘀：病。
14 下節：放下馬鞭而停車。
15 相佯：即徜徉，徘徊。
16 遒（粵：囚；普：qiú）：迫近。

17 將：長久。

18 侹攘（粵：匡養；普：kuāng rǎng）：混亂紛擾的樣子。

19 澹（粵：啖；普：dàn）：安靜。容與：徘徊。

20 怵（粵：dzœt^{1}；普：chù）惕：驚恐。

21 多方：多端。

22 卬（粵：昂；普：áng）：仰望。

23 極明：至於天明。

賞析與點評

以上是本篇的第三段，承第一段而申言悲秋。秋季到來，草木凋落，象徵着失去機遇的人，惟有悲哀歎息。

竊悲夫蕙華之曾敷兮[1]，紛旖旎乎都房[2]。何曾華之無實兮[3]，從風雨而飛颺[4]。以為君獨服此蕙兮[5]，羌無以異於眾芳。閔奇思之不通兮[6]，將去君而高翔。

心閔憐之慘悽兮，願一見而有明[7]。重無怨而生離兮[8]，中結軫而增傷[9]。豈不鬱陶而思君兮[10]？君之門以九重[11]。猛犬狺狺而迎吠兮[12]，關梁閉而不通[13]。皇天淫溢而秋霖兮，后土何時而得漧[14]？塊獨守此無澤兮[15]，仰浮雲而永歎。

注釋

1 蕙華：蕙花。曾敷：重重開放。隱喻曾經在朝的歲月。

2 旖旎（粵：倚你；普：yǐ nǐ）：柔美的樣子。都房：華美的房屋。

3 無實：不結果實。

4 颺（粵：揚；普：yáng）：同「揚」。

5 服：佩飾。

6 閔（粵：敏；普：mǐn）：憂傷。奇（粵：基；普：jī）：單獨。奇思指不同於群小的忠誠之思。不通：無法通曉於楚王。

7 有明：能在楚王面前表明心意。

8 重：深思。無怨：無罪。

9 中：內心。結軫：鬱結悲痛。

10 鬱陶（粵：搖；普：yáo）：惆悵鬱結的樣子。

11 九重：指君門深邃。

12 狺狺（粵：銀；普：yín）：犬吠聲。迎吠：向人狂叫。

13 關：關卡。梁：橋樑。

14 后土：大地。漧（粵：乾；普：gān）：同「乾」。

15 塊：孤獨貌。無澤：荒蕪的沼澤。「無」當作「蕪」。

賞析與點評

以上是本篇的第四段，回想自己在朝時與君不合，雖有奇才，卻始終鬱鬱不得志的處境。

何時俗之工巧兮，背繩墨而改錯？卻騏驥而不乘兮[1]，策駑駘而取路[2]。當世豈無騏驥兮，誠莫之能善御。見執轡者非其人兮，故駶跳而遠去[3]。鳧雁皆唼夫粱藻兮[4]，鳳愈飄翔而高舉。圜鑿而方枘兮[5]，吾固知其鉏鋙而難入[6]。眾鳥皆有所登棲兮，鳳獨遑遑而無所集。願銜枚而無言兮[7]，嘗被君之渥洽[8]。太公九十乃顯榮兮，誠未遇其匹合。謂騏驥兮安歸？謂鳳皇兮安棲？變古易俗兮世衰，今之相者兮舉肥[9]。騏驥伏匿而不見兮，鳳皇高飛而不下。鳥獸猶知懷德兮，何云賢士之不處[10]？驥不驟進而求服兮[11]，鳳亦不貪餧而妄食[12]。君棄遠而不察兮，雖願忠其焉得？欲寂漠而絕端兮[13]，竊不敢忘初之厚德。獨悲愁其傷人兮，馮鬱鬱其何極[14]！

注釋

1 卻：退卻。騏驥：良馬。
2 駑駘（粵：奴台；普：nú tái）：劣馬。
3 駶（粵：菊；普：jú）跳：跳躍。
4 唼（粵：霎；普：shà）：水鳥吃食的聲音。
5 鑿：斧孔。枘（粵：銳；普：ruì）：斧柄嵌入斧孔的一端。
6 鉏鋙（粵：咀羽；普：jǔ yǔ）：抵觸難容。
7 枚：小木條。進軍時士兵銜於口中，以防講話或喧嘩。銜枚此處指沉默不語。
8 被（粵：披；普：pī）：蒙受。渥（粵：握；普：wò）洽：厚恩。
9 相者：相馬者，引申為舉薦者。舉肥：因為馬瘦而以其不能千里，故改選肥馬。指以貌取人。

10 不處：不能留在朝廷。

11 服：駕車。

12 餧（粵：女；普：něi）：同「餒」，飢餓。妄食：亂吃。

13 絕端：打斷思緒。

14 馮（粵：憑；普：píng）：滿。鬱鬱：憂傷的樣子。

賞析與點評

以上是本篇的第五段，抬出姜太公的故事，表達自己建功立業的希望，進而感歎無人舉薦，君臣遇合困難。

霜露慘淒而交下兮[1]，心尚幸其弗濟[2]。霰雪雰糅其增加兮[3]，乃知遭命之將至[4]。願徼幸而有待兮[5]，泊莽莽與野草同死[6]。願自往而徑遊兮，路壅絕而不通。欲循道而平驅兮[7]，又未知其所從。然中路而迷惑兮，自壓按而學誦[8]。性愚陋以褊淺兮，信未達乎從容[9]。竊美申包胥之氣盛兮[10]，恐時世之不固[11]。何時俗之工巧兮？滅規矩而改鑿。獨耿介而不隨兮，願慕先聖之遺教。處濁世而顯榮兮，非余心之所樂。與其無義而有名兮，寧窮處而守高。食不媮而為飽兮[12]，衣不苟而為温。竊慕詩人之遺風兮，願託志乎素餐[13]。蹇充倔而無端兮[14]，泊莽莽而無垠。無衣裘以禦冬兮，恐溘死不得見乎陽春。

注釋

1 交下：交相落下，比喻讒佞交攻。

2 幸：僥倖期待。弗濟：不成。

3 雰（粵：芬；普：fēn）：雨雪紛紛的樣子。

4 遭命：遭受厄運。

5 徼幸：同「僥倖」。有待：指等待楚王的醒悟。

6 泊：止。莽莽：草盛的樣子。

7 平驅：平穩驅車。

8 壓按：壓抑。學誦：學習詩篇。

9 信：實在，確實。從容：婉轉。

10 申包胥：楚大夫。楚昭王時，吳王闔廬破楚入郢。申包胥赴秦求救。秦哀公初不允，申包胥乃不食，哭於秦廷七晝夜。哀公感動，發兵救援。

11 固：當作「同」。

12 媮（粵：偷；普：tōu）：通「偷」，苟且。

13 素餐：《詩經・魏風・伐檀》：「彼君子兮，不素餐兮。」指君子不會只食祿而無所作為。

14 充倔：無邊際的樣子。與下句皆謂自己身處於無邊曠野。

賞析與點評

以上是本篇的第六段，申言第五段旨意，對楚國的前途及一己的處境甚感憂心。

靚杪秋之遙夜兮[1]，心繚悷而有哀[2]。春秋逴逴而日高兮[3]，然惆悵而自悲。四時遞來而卒歲兮[4]，陰陽不可與儷偕[5]。白日晼晚其將入兮[6]，明月銷鑠而減毀[7]。歲忽忽而遒盡兮[8]，老冉冉而愈弛。心搖悅而日幸兮[9]，然怊悵而無冀[10]。中憯惻之悽愴兮，長太息而增欷[11]。年洋洋以日往兮[12]，老嵺廓而無處[13]。事亹亹而覬進兮[14]，蹇淹留而躊躇。

注釋

1 靚（粵：靜；普：jìng）：通「靖」，思慮。杪（粵：秒；普：miǎo）：樹末。杪秋指晚秋。

2 繚悷（粵：吏；普：lì）：纏繞鬱結的樣子。

3 逴逴：漸行漸遠的樣子。指年歲漸老。

4 遞：更替。卒歲：年終。

5 陰：秋冬。陽：春夏。儷偕：一併。

6 晼（粵：宛；普：wǎn）晚：日落昏昧的樣子。

7 銷鑠、減毀：指月輪漸虧。

8 遒（粵：囚；普：qiú）盡：迫近尾聲。

9 悅：當作「悅」。心搖悅指心神馳翔。日幸：每日慶幸。

10 怊悵：悲傷失意的樣子。無冀：沒有希望。

11 欷（粵：希；普：xī）：抽泣。

12 洋洋：廣大的樣子。年洋洋指年歲日增。

13 嵺（粵：遼；普：liáo）廓：即寥廓，空曠。無處：無處容身。

14 亹亹（粵：美；普：wěi）：勤懇的樣子。覬：希冀。

賞析與點評

以上是本篇的第七段，感歎歲月易逝，老大無成。

何氾濫之浮雲兮，猋雍蔽此明月[1]？忠昭昭而願見兮，然黯黮而莫達[2]。願皓日之顯行兮，雲濛濛而蔽之。竊不自聊而願忠兮[3]，或黕點而汙之[4]。堯舜之抗行兮，瞭冥冥而薄天。何險巇之嫉妒兮[5]，被以不慈之偽名？彼日月之照明兮，尚黯黮而有瑕[6]。何況一國之事兮，亦多端而膠加[7]。被荷裯之晏晏兮[8]，然潢洋而不可帶[9]。既驕美而伐武兮[10]，負左右之耿介[11]。憎慍惀之修美兮，好夫人之慷慨。眾踥蹀而日進兮，美超遠而逾邁[12]。農夫輟耕而容與兮[13]，恐田野之蕪穢。事綿綿而多私兮[14]，竊悼后之危敗[15]。世雷同而炫耀兮[16]，何毀譽之昧昧？今修飾而窺鏡兮，後尚可以竄藏[17]。願寄言夫流星兮，羌倏忽而難當。卒壅蔽此浮雲兮，下暗漠而無光。

注釋

1 猋（粵：標；普：biāo）：急速的樣子。雍蔽：遮掩。「雍」為「壅」的借字。

2 霒（粵：音；普：yīn）：同「陰」，雲遮日。曀（粵：翳；普：yì）：天陰。

3 不自聊：不自苟且。

4 黕（粵：dem^2；普：dǎn）點：玷污。

5 險巇（粵：希；普：xī）：險惡。

6 黯黮（粵：氮；普：dàn）：昏昧。

7 膠加：即膠葛，紛亂之意。

8 荷裯（粵：刀；普：dāo）：荷葉製成的短衣。晏晏：顏色盛美。

9 潢洋：衣不合身。

10 驕美：以美好自傲。伐武：誇耀勇武。

11 負：辜負。左右：指大臣。耿介：忠誠。

12 「憎慍惀之修美兮」四句：見〈九章・哀郢〉注。

13 容與：偷閒自得。
14 綿綿：連續不絕。
15 悼：悲傷。后：國君。
16 雷同：指群小眾口一詞。
17 竄藏：隱藏。

賞析與點評

以上是本篇的第八段，作者對讒佞當道、蒙蔽君上痛加斥責。

堯舜皆有所舉任兮[1]，故高枕而自適。諒無怨於天下兮，心焉取此怵惕[2]？乘騏驥之瀏瀏兮[3]，馭安用夫強策[4]？諒城郭之不足恃兮[5]，雖重介之何益[6]。邅翼翼而無終兮[7]，忳惛惛而愁約[8]。生天地之若過兮[9]，功不成而無效[10]。願沉滯而不見兮，尚欲佈名乎天下。然潢洋而不遇兮[11]，直怐愗而自苦[12]。莽洋洋而無極兮，忽翱翔之焉薄？國有驥而不知乘兮，焉皇皇而更索[13]？甯戚謳於車下兮，桓公聞而知之。無伯樂之善相兮，今誰使乎譽之。罔流涕以聊慮兮[14]，惟著意而得之。紛純純之願忠兮[15]，妒被離而障之[16]。願賜不肖之軀而別離兮，放遊志乎雲中。乘精氣之摶摶兮[17]，騖諸神之湛湛[18]。驂白霓之習習兮[19]，歷群靈之豐豐[20]。左朱雀之茇茇兮[21]，右蒼龍之躍躍。屬雷師之闐闐兮[22]，通飛廉之衙衙[23]。前輕輬之鏘鏘兮[24]，後輜乘之從從[25]。載雲旗之委蛇兮，扈屯騎之容容[26]。計專專之不可化兮[27]，願遂推而為臧[28]。賴皇天之厚德兮，還及君之無恙！

注釋

1 舉：薦舉。指堯舜惟才是用。

2 心焉取此怵惕：意謂心中還有什麼值得畏懼。

3 瀏瀏：駿馬前行如流水貌。

4 強策：強行揮鞭。兩句謂如果任用了賢人，不必君主強硬驅使，就能治理國家。

5 郭：外城的城牆。

6 重介：厚重的鎧甲。

7 邅：踟躕不前。翼翼：謹慎的樣子。無終：沒有終極。

8 忳（粵：屯；普：tún）：憂愁的樣子。惛惛：鬱悶。愁約：為憂愁所束縛。

9 若過：宛如過客。
10 無效：無處效力。
11 潢洋：無所適從的樣子。
12 怐愗（粵：扣貿；普：kòu mào）：愚昧。
13 皇皇：同「遑遑」，匆匆忙忙的樣子。
14 罔：同「惘」，惆悵。聊慮：姑且抒發思慮。
15 純純（粵：純；普：zhūn）：誠懇的樣子。
16 被離：散佈。
17 精氣：指日月陰陽之氣。摶摶（粵：團；普：tuán）：圓貌。
18 騖：馳逐。湛湛：深貌，引申為眾多之意。
19 習習：飛動的樣子。
20 歷：遊歷。靈：神靈。豐豐：眾多的樣子。
21 茇茇（粵：拔；普：bá）：飛揚的樣子。
22 屬（粵：觸；普：zhǔ）：連接。雷師：雷神。闐闐（粵：填；普：tián）：雷鼓之聲。
23 衙衙：行走的樣子。
24 輕輬（粵：涼；普：liáng）：輕車。鏘鏘：車鈴聲。

25 輜乘：重車。從從：同「瑽瑽」，車上的飾玉相擊聲。
26 扈：隨從。屯騎：車馬。容容：眾多的樣子。
27 計：思慮。專專：專一。不可化：難以動搖。
28 臧：善。

賞析與點評

以上是本篇的第九段，道出一己的政治抱負，以及孤高寡俗的情操。

招魂

本篇導讀——

招魂本是古代風俗，又稱為復禮。這種儀式雖因迷信思想而起，卻反映着遺屬對死者的眷戀之情，望其通過招魂而重生。〈招魂〉一篇仿效了民間的招魂辭，卻又蘊含了作者自己的思想感情。故晚明陸時雍曰：「招魂者以文不以俗，以心不以事，招之於千世，而非招之於當時也。」全篇可分為三個部分。小引部分敘述死者魂魄離散，於是上帝遣巫陽往下界開始招魂儀式。招魂詞部分，先描述天地四方的險惡，再從宮室、美女、飲食、歌舞、博戲等方面極力鋪敘楚國之美好，藉以將亡魂招回郢都。亂詞部分是作者撫今追昔，回憶與楚王生前同遊夢澤的往事，抒發物是人非的悲傷情懷。關於〈招魂〉的作者、所招之人以及所招為生魂或死魂，歷來皆有不同的說法。司馬遷將〈招魂〉與〈離騷〉、〈天問〉、〈哀郢〉並提，還說讀後「悲其志」，顯然認為是屈原所作。而王逸《楚辭章句》則以為是宋玉所作，以招屈原的生魂。簡而言之，篇中言及的奢侈生活，非一國之君不能享受。亂詞回憶隨王狩獵，又悲情呼喚「魂兮歸來，哀江南」，與一般招魂儀式後情緒得到安撫的狀況不同。因此，我們認為此篇當係屈原作於頃襄王三年（前二九六），懷王客死秦國不久。從〈天問〉篇可知，屈原對傳統宗教神話頗有質疑之處。因此屈原創作此篇，與其說為了通過巫術使懷王復生，不如說是借傳統招魂辭的形式來紓泄內心極度的哀痛與憤懣。

朕幼清以廉潔兮[1]，身服義而未沬[2]。主此盛德兮[3]，牽於俗而蕪穢[4]。上無所考此盛德兮[5]，長離殃而愁苦[6]。帝告巫陽曰[7]：「有人在下[8]，我欲輔之[9]。魂魄離散，汝筮予之[10]。」巫陽對曰：「掌夢上帝[11]，命其難從。若必筮予之，恐後之謝[12]，不能復用[13]。」

注釋

1 朕：我，作者自稱。

2 服義：服行仁義。沬（粵：妹；普：mèi）：休止。

3 主：守。盛德：指上文之清、廉、潔、義。

4 羣：牽累。蕪穢：荒蕪變質。指被世俗毀謗譏刺。

5 上：君上。考：考察。

6 離：同「罹」，遭遇。殃：災禍。

7 帝：上帝。巫陽：神話中的女巫。

8 有人：指楚懷王。下：下界。

9 輔：護祐。

10 筮：以蓍草占卜。

11 掌夢：巫陽之官職，主招魂。掌夢上帝蓋指巫陽稟奏於帝。

12 謝：死亡。恐後之謝亦即擔心筮法太緩慢，會導致死亡。

13 不能復用：不再有用，指不能復生。

賞析與點評

小引敍述了招魂的原由。內文先交代作者的志趣，並虛設上帝、巫陽對話，表示要招回懷王客死秦國之魂。有趣的是，上帝雖知懷王魂魄離散，卻不知道筮慢而招怏。其昏聵之態與楚懷王何其相似。

巫陽焉乃下招曰：「魂兮歸來！去君之恆幹[1]，何為乎四方些[2]？舍君之樂處[3]，而離彼不祥些。

注釋

1 恆：常。幹：軀體。

2 些（粵：梳；普：suò）：招魂句尾的語氣詞、咒語。「去君之恆幹」兩句謂為什麼要離開平素的身體，跑到四方去？

3 舍：居留。樂處：安樂的地方，指楚國。

魂兮歸來！東方不可以託些。長人千仞[1]，惟魂是索些。十日代出[2]，流金鑠石些[3]。彼皆習之[4]，魂往必釋些[5]。歸來歸來！不可以託些。

注釋

1 長人：巨人。

2 代：輪換。

3 流金：鎔化金屬。鑠：銷解。
4 彼：指其地居民。習：習慣。
5 釋：溶解。

魂兮歸來！南方不可以止些。雕題黑齒[1]，得人肉以祀，以其骨為醢些。蝮蛇蓁蓁[2]，封狐千里些[3]。雄虺九首，往來儵忽，吞人以益其心些[4]。歸來歸來！不可以久淫些[5]。

注釋

1 題：額頭。雕題指額上刺青。黑齒：南方未開化民族的特殊裝飾，以漆把牙齒染黑。
2 蝮蛇：一種有黑褐斑紋的毒蛇。蓁蓁（粵：津；普：zhēn）：聚集。
3 封狐：大狐。千里：極言其多。
4 益：進補。
5 淫：長留。

魂兮歸來！西方之害，流沙千里些。旋入雷淵[1]，爢散而不可止些[2]。幸而得脫，其外曠宇些。赤蟻若象，玄蜂若壺些[3]。五穀不生，藂菅是食些[4]。其土爛人，求水無所得些。彷徉無所倚[5]，廣大無所極些。歸來歸來！恐自遺賊些[6]。

注釋

1 旋入：轉入。雷：迴轉。雷淵指有流沙旋轉的深淵。

2 爢（粵：眉；普：mí）散：潰爛四碎。

3 壺：葫蘆。

4 藂（粵：叢；普：cóng）：同「叢」。菅（粵：奸；普：jiān）：茅草。

5 彷徉：無所依止的樣子。

6 自遺賊：自尋災害。

魂兮歸來！北方不可以止些。增冰峨峨[1]，飛雪千里些。歸來歸來！不可以久些。

注釋

1 增：通「層」。峨峨：高聳的樣子。

魂兮歸來！君無上天些。虎豹九關[1]，啄害下人些[2]。一夫九首，拔木九千些。豺狼從目[3]，往來侁侁些[4]。懸人以娭[5]，投之深淵些。致命於帝[6]，然後得瞑些[7]。歸來歸來！往恐危身些。

注釋

1 九關：天門有九重。

2 啄：齧咬。

3 從：同「縱」，豎立。

4 侁侁（粵：身；普：shēn）：眾多的樣子。

5 娭（粵：希；普：xī）：同「嬉」，遊戲。

6 致命於帝：指豺狼向天帝復命。

7 瞑：閉目睡臥。

魂兮歸來！君無下此幽都些[1]。土伯九約[2]，其角觺觺些[3]。敦脄血拇[4]，逐人駓駓些[5]。參目虎首[6]，其身若牛些。此皆甘人[7]，歸來歸來！恐自遺災些。

注釋

1 幽都：地下幽冥之都。
2 土伯：冥王。九約：九條尾巴。
3 觺觺（粵：疑；普：yí）：尖角銳利的樣子。
4 敦：厚。脄（粵：梅；普：méi）：背。血拇：染血的拇指。
5 駓駓（粵：丕；普：pī）：疾走的樣子。
6 參：同「三」。虎首：頭如老虎。
7 甘人：以人為甘美。

賞析與點評

以上七段是巫陽招辭的第一層，備述天地四方的險惡。其幻想之馳騁恣肆，內容之神秘難測，令讀者感到詭譎奪目。值得注意的是，巫陽招魂乃受上帝所託，而上帝的天庭理應是一平安祥和的所在，然而在招辭中，卻是充滿各種鬼怪之處，而那些拔木九千的長人、懸人以娭的虎豹、往來侁侁的豺狼，原來都是受上帝指使而啄害下人的。這無疑與小引中上帝的「仁慈」形成絕大反諷。

魂兮歸來！入修門些[1]。工祝招君[2]，背行先些[3]。秦篝齊縷[4]，鄭綿絡些[5]。招具該備[6]，永嘯呼些[7]。魂兮歸來！反故居些。

注釋

1 修門：郢都城門。
2 工：巧。祝：男巫。
3 背行先：倒退而走，以引領所招之魂。
4 秦篝（粵：溝；普：gōu）：秦地製造的竹籠，用以棲魂。齊縷：齊地生產的彩線，拴於竹籠以提攜。
5 鄭：鄭國人。綿絡：纏縛。指鄭國的工匠把彩線纏縛在竹籠上。
6 招具：指以上招魂之物。該備：齊全完備。

7 永：長。

天地四方，多賊姦些。像設君室[1]，靜閒安些。高堂邃宇[2]，檻層軒些[3]。層臺累榭[4]，臨高山些。網戶朱綴[5]，刻方連些[6]。冬有突廈[7]，夏室寒些。川谷徑復[8]，流潺湲些。光風轉蕙[9]，氾崇蘭些[10]。經堂入奧[11]，朱塵筵些[12]。砥室翠翹[13]，挂曲瓊些[14]。翡翠珠被，爛齊光些。蒻阿拂壁[15]，羅幬張些[16]。纂組綺縞[17]，結琦璜些[18]。

注釋

1 像：遺像。君：第二身的尊稱。君室指死者生前的居室。
2 邃宇：深遠的屋宇。
3 檻（粵：艦；普：jiàn）：欄杆。層：重。軒：樓板。
4 榭（粵：謝；普：xiè）：臺上的房屋。
5 網戶：窗花製成方格如網。朱綴：以朱砂塗飾窗花交綴處。
6 方連：相連的方形圖案。

7 突（粵：jiu^3，普：yào）：複室。

8 徑復：往返。

9 光風：日光下的和風。轉蕙：搖動蕙草。

10 氾（fàn）：同汎，搖動的樣子。崇：通「叢」。崇蘭指叢叢的蘭草。

11 奧：屋中西南角。

12 朱：赤色。塵：承塵，天花板。筵：竹蓆。

13 砥（粵：底；普：dǐ）室：磨平的石板。翠：翠鳥。翹：長尾羽。

14 曲瓊：紅玉製成的衣鈎。

15 蒻（粵：弱；普：ruò）：蒲草。阿：隅角。拂：貼迫。指以蒲草蓆黏貼於牆壁轉角。

16 幬（粵：酬；普：chóu）：帳幕。

17 纂：赤帶。組：五色帶。綺：文繒。縞：白繒。皆帳幕上的裝飾品。

18 琦、璜：皆玉名，結於纂組綺縞之上。

室中之觀，多珍怪些。蘭膏明燭[1]，華容備些[2]。二八侍宿[3]，射遞代些[4]。

九侯淑女[5]，多迅眾些[6]。盛鬋不同制[7]，實滿宮些。容態好比[8]，順彌代

些[9]。弱顏固植[10]，謇其有意些[11]。姱容修態，絙洞房些[12]。蛾眉曼睩[13]，目騰光些[14]。靡顏膩理[15]，遺視矊些[16]。離榭修幕[17]，侍君之閒些。

注釋

1 蘭膏：蘭香所煉的膏油。

2 華容：華麗的容貌，引申指美人。

3 二八：二列十六人。

4 射（粵：役；普：yì）：厭倦。遞：依次。代：替換。

5 九侯：各方諸侯。

6 迅：同「迿」，超越。迅眾即超群出眾。

7 盛鬋（粵：剪；普：jiǎn）：茂密的髮鬢。制：形制。

8 好比：美好親切。

9 順：柔順。彌代：蓋世。

10 弱顏：容顏嬌弱。植：志。固植謂意志堅定。

11 謇（粵：gin²；普：jiǎn）：發語詞。有意：情意綿綿。

12 絙（粵：庚；普：gèng）：交織往來。洞房：幽深的房間。

13 曼：柔美。睩：眼珠轉動。

14 騰光：指目光閃亮。

15 靡：細緻。膩：柔滑。理：肌膚的紋理。

16 遺視：竊視偷看。矊（粵：綿；普：mián）：脈脈。

17 離榭：宮殿以外的臺榭樓閣。修幕：又長又大的帳幕。

翡帷翠帳[1]，飾高堂些。紅壁沙版[2]，玄玉梁些[3]。仰觀刻桷[4]，畫龍蛇些。坐堂伏檻，臨曲池些。芙蓉始發，雜芰荷些。紫莖屏風[5]，文緣波些[6]。文異豹飾[7]，侍陂陀些[8]。軒輬既低[9]，步騎羅些[10]。蘭薄戶樹[11]，瓊木籬些[12]。魂兮歸來！何遠為些？

注釋

1 翡帷翠帳：即翡翠帷帳。

2 紅壁：塗成紅色的牆壁。沙版：丹砂裝飾的樓板。

3 玄玉梁：黑玉裝飾的屋樑。

4 刻桷（粵：覺；普：jué）：有刻畫的方形屋椽。

5 屏風：水葵。

6 文：水紋。緣波：因風起波。

7 文異豹飾：當作「文豹異飾」。指穿着豹紋服飾的侍衛。

8 陂陀（粵：pɔ˥駝；普：pō tuó）：長陛，或云山坡。

9 軒輬：輕車。低：同「抵」，到達。

10 步騎羅：步兵、騎兵排列成行。

11 薄：蘭草叢。戶樹：在門戶前種植。

12 瓊木：玉樹。籬：籬笆。

室家遂宗[1]，食多方些[2]。稻粢穱麥[3]，挐黃粱些[4]。大苦鹹酸[5]，辛甘行些[6]。肥牛之腱[7]，臑若芳些[8]。和酸若苦[9]，陳吳羹些[10]。胹鼈炮羔[11]，有柘漿些[12]。鵠酸臇鳧[13]，煎鴻鶬些[14]。露雞臛蠵[15]，厲而不爽些[16]。粔籹蜜餌[17]，有餦餭些[18]。瑤漿蜜勺[19]，實羽觴些[20]。挫糟凍飲[21]，酎清涼些[22]。華酌既陳[23]，有瓊漿些。歸反故室，敬而無妨些。

注釋

1 宗：尊。

2 多方：多樣。

3 粢（粵：姿；普：zī）：黍。穱（粵：竹；普：jiǎo）：早麥。

4 挐（粵：如；普：rú）：糝雜。

5 大苦：豉。鹹：鹽。酸：醋。

6 辛：椒薑。甘：飴蜜。行：用。

7 腱：筋。

8 臑（粵：如；普：rú）：熟軟。

9 若：及。

10 吳羹：吳人所調的羹。

11 胹（粵：而；普：ér）：煮。炮：連毛炙烤。

12 柘：同「蔗」。

13 鵠酸：當作酸鵠，以醋製鵠肉。臇（粵：$dzyn^2$；普：jùn）：濃湯。鳧：野鴨。

14 鴻：鴻雁。鶬（粵：倉；普：cāng）：灰鶴。

15 露雞：露棲的雞，或云風乾的雞。臛（粵：霍；普：huò）：肉羹。蠵（粵：葵；

普：xī）：大龜。

16 厲：烈。爽：敗胃。

17 粔籹（粵：巨女；普：jù nǚ）：環餅。餌：米粉製的糕點。

18 餦餭（粵：張皇；普：zhāng huáng）：麥芽糖。

19 勺：通「酌」，蜜酌指甜酒。

20 實：充滿。羽觴：雀形的酒樽。

21 挫：壓。糟：酒糟。

22 酎（粵：宙；普：zhòu）：醇酒。

23 華酌：有華美雕飾的酒勺。

肴羞未通[1]，女樂羅些[2]。敶鐘按鼓[3]，造新歌些[4]。〈涉江〉、〈采菱〉[5]，發〈揚荷〉些[6]。美人既醉，朱顏酡些[7]。娭光眇視[8]，目曾波些[9]。被文服纖[10]，麗而不奇些[11]。長髮曼鬋，豔陸離些。二八齊容[12]，起鄭舞些[13]。衽若交竿[14]，撫案下些[15]。竽瑟狂會[16]，搷鳴鼓些。宮庭震驚，發《激楚》

些[17]**。吳歈蔡謳**[18]**，奏大呂些**[19]**。士女雜坐，亂而不分些。放敶組纓**[20]**，班其相紛些**[21]**。鄭衛妖玩**[22]**，來雜陳些**[23]**。激楚之結**[24]**，獨秀先些**[25]**。**

注釋

1 肴羞：佳餚珍饈。未通：未遍，指菜還未上齊。

2 女樂：女子樂隊。

3 按鼓：擊鼓。

4 造：表演。

5 〈涉江〉、〈采菱〉：楚曲名。

6 揚荷：楚曲名。發：發聲而唱。

7 酡（粵：駝；普：tuó）：酒後面紅的樣子。

8 娭（粵：希；普：xī）光：活潑的目光。眇（粵：秒；普：miǎo）視：微目而視。

9 曾：通「層」。

10 被：同「披」。文：綺繡。服：穿着。纖：羅縠。

11 不：虛詞。

12 齊容：容飾相同。

13 鄭舞：鄭地的舞蹈。

14 衽：衣襟。交竿：舞時迴旋，衣襟相交如竹竿。

15 撫案下：以手撫按節拍而徐行退場。

16 狂：並。狂會指樂器並作。搷（粵：田；普：tián）：擊。

17《激楚》：激昂的楚歌，亦樂曲名。

18 歈（粵：愉；普：yú）、謳（粵：歐；普：ōu）：歌曲。

19 大呂：古樂十二律之四。

20 放敶：放下擺起。組：綬帶。纓：簪纓。

21 班：次序。紛：此處極言士女雜坐的情況。

22 妖玩：妖好可玩之物。

23 雜陳：穿插陳列。

24 結：終曲。

25 秀先：秀異勝於先前的音樂。

箟蔽象棋[1]，有六簙些[2]。分曹並進[3]，遒相迫些[4]。成梟而牟[5]，呼五白

些[6]。晉制犀比[7]，費白日些[8]。鏗鐘搖簴[9]，揳梓瑟些[10]。娛酒不廢[11]，沉日夜些[12]。蘭膏明燭，華鐙錯些[13]。結撰至思[14]，蘭芳假些[15]。人有所極[16]，同心賦些[17]。酎飲盡歡，樂先故些[18]。魂兮歸來！反故居些。」

注釋

1 箟（粵：kwan5，普：kūn）：竹。蔽：箸，籌碼。象棊：以象牙製成，故名。

2 簙（粵：博；普：bó）：通「博」，博弈。六簙的遊戲投六箸竹，行六行棋。

3 曹：偶。分曹指兩人對下以決勝負。

4 遒：急。相迫：爭勝。

5 梟：博采。簙頭梟形為最勝，倍勝為牟。

6 五白：骰子花色，擲得五白可殺對方的梟棋。

7 晉制：晉國製造。犀比：又作鮮卑，即帶鈎。因為鮮卑部族所用，故名。

8 費：通「昲」，映照。

9 鏗：撞擊。簴：掛鐘的木架。

10 揳（粵：gat9，普：jiá）：撫。梓瑟：梓木製造的瑟。

11 娛：樂。廢：停止。

12 沉：沉湎。

13 鐙：同「燈」。錯：同「措」，放置。

14 結撰：結構撰述。至思：極至之思，一云當作致思，即專心致志之意。

15 蘭芳：比喻作品中的辭藻。假：大、美。

16 極：至。

17 賦：誦、指唱酬。

18 先故：祖先和故舊。

賞析與點評

以上七段為巫陽招辭第二層，就故居的華麗、臥室庭院之雅致、美女之賢淑、飲食之豐富、樂舞之美好、博戲之快樂等方面極力鋪張渲染，招喚亡魂歸來。所謂「畫鬼容易畫人難」，此層與第一層相比，內容大抵以現實生活為藍本，描寫細緻而有條不紊，佳句疊出，使讀者感到身歷其境。進而言之，屈原在〈離騷〉、〈九章〉、〈遠遊〉諸篇中屢屢提及楚國的黑暗，而欲前往他方觀覽娛心；而此篇的巫陽招辭部分卻剛好相反，大肆鋪寫天地四方的險惡可畏，而亟言楚國之令人耽戀。這固然牽涉到屈原與懷王不同的身份和處境。然而，詩人借巫陽之口發出的招辭，絕大篇幅皆在講述物質生活的快樂。站在讀者的角度，懷王之沉溺物慾、精神空虛，以及群小乘虛而入的情狀，豈非不言而喻？

亂曰：獻歲發春兮[1]，汩吾南征[2]。菉蘋齊葉兮[3]，白芷生。路貫廬江兮[4]，左長薄[5]。倚沼畦瀛兮[6]，遙望博[7]。青驪結駟兮[8]，齊千乘[9]。懸火延起兮[10]，玄顏烝[11]。步及驟處兮[12]，誘騁先[13]。抑騖若通兮[14]，引車右還[15]。與王趨夢兮[16]，課後先[17]。君王親發兮[18]，憚青兕[19]。朱明承夜兮[20]，時不可以淹。皋蘭被徑兮[21]，斯路漸[22]。湛湛江水兮[23]，上有楓。目極千里兮，傷春心[24]。魂兮歸來，哀江南！

注釋

1 獻歲：一年之始。

2 汩（粵：鶻；普：yù）：迅疾的樣子。南征：南行。

3 菉（粵：錄；普：lù）蘋：當作綠蘋，水草。齊葉：葉子整齊。

4 廬江：當即現在襄陽宜城界的潼水。

5 左：左岸。長薄：連綿的叢林。
6 倚：依。沼：池。畦（粵：葵；普：qí）：區界。瀛：池澤。
7 博：平坦廣闊。
8 青：青色的馬。驪：黑毛的馬。駟：駕車的四匹馬。結駟指青馬、黑馬結成一駟。
9 齊千乘：千駕馬車一同出發。
10 懸火：火炬。延：蔓延。
11 玄顏：天色。烝：火氣上行。
12 驟：疾走。處：停止。
13 誘：誘導野獸。騁先：奔馳。
14 抑：壓。騖：馳。若：順。抑騖若通指或馳或止，順利抵達。
15 還：轉。
16 王：指楚懷王。夢：大澤名，在江南。
17 課：稽核。後先：名次。
18 發：射。
19 憚青兕（粵：寺；普：sì）：當作青兕殫，謂青色的野牛被擊斃。
20 朱明：太陽。承夜：指日以繼夜。

21 皋蘭：水岸的蘭草。被徑：覆蓋路徑。

22 斯：則。路：指當年打獵的路。漸：淹沒。

23 湛湛：水深的樣子。

24 傷春心：春時草短，望見千里，令人愁思。

賞析與點評

行文進入第三部分，巫陽招辭已畢，作者屈原的聲音重新浮現。詩人在亂詞中續招，而這招魂的內容也轉入了精神層面。詩人回憶起當年趕到夢澤，參加懷王的遊獵，儀衛之盛令人難忘。如今重臨此地，物是人非。水邊茂盛的蘭草、江上繁茂的楓樹，如此勃勃生機卻映襯着懷王難以復生的事實，教人不禁悲從中來。末句「魂兮歸來，哀江南」道出全篇的寫作動機：不是真要通過招魂的巫術來讓懷王起死回生，而是藉此形式表達其不能復生、楚國從此也喪失最後一點轉機的絕望。一個哀字，足以奠定整篇作品的感情基調。

大招

本篇導讀——

王逸認為本篇為屈原所作，又云「或曰景差」。朱熹則以景差文風平淡醇古，與本篇相近，斷定本篇作者為景差。景差為楚國貴族，與宋玉同時，創作上也受到屈原影響。本篇當為摹擬〈招魂〉而作，除四方險惡及飲食、宮室、女色、歌舞外，還以大量篇幅描寫了治國選賢之事，所招對象當亦為懷王之魂。然而，全文有嫌造作，欲振乏力，措辭生澀而重複。尤其是從各種物質享受驟然轉入治國，頗有突兀不諧之感。然其創作年代甚早，仍具文獻掌故價值，姑錄之以備考覈。

青春受謝[1]，白日昭只[2]。春氣奮發[3]，萬物遽只[4]。冥凌浹行[5]，魂無逃只。

魂魄歸徠！無遠遙只。

注釋

1 青春：春天。謝：離去。受謝即代謝，指季節輪替，冬去春來。

2 昭：明亮。只（粵：紙；普：zhǐ）：句尾語氣詞。

3 奮：有力。發：發動。

4 遽（粵：巨；普：jù）：競爭。

5 冥：北方神佐玄冥。凌：凌駕、奔馳。浹行：行走周遍。指玄冥奔走於天地之間，收陰氣而藏之。

賞析與點評

以上第一段為小引，講述春天已到，生機勃勃，也是魂魄復生的好時機。〈招魂〉亂詞道及其為春季所作，本篇正同。

魂乎歸徠！無東無西，無南無北只。東有大海，溺水浟浟只[1]。螭龍並流[2]，上下悠悠只。霧雨淫淫[3]，白皓膠只[4]。魂乎無東！湯谷寂寥只。魂乎無南！南有炎火千里[5]，蝮蛇蜒只[6]。山林險隘，虎豹蜿只[7]。鰅鱅短狐[8]，王虺騫只[9]。魂乎無南！蜮傷躬只。魂乎無西！西方流沙，漭洋洋只[10]。豕首縱目，被髮鬤只[11]。長爪踞牙[12]，誒笑狂只[13]。魂乎無西！多害傷只。魂乎無北！北有寒山，逴龍赩只[14]。代水不可涉[15]，深不可測只。天白顥顥[16]，寒凝凝只[17]。魂乎無往！盈北極只[18]。

注釋

1 溺水：容易沉溺萬物的深水。浟浟（粵：由；普：yōu）：水流的樣子。
2 並流：並行而狀如流水。
3 淫淫：過度。
4 皓膠：蒼白凝凍貌。
5 炎火千里：相傳扶南國東有炎山，四月火生，十二月滅。
6 蜒：曲長貌。
7 蜿：盤曲的樣子。

8 鰅鱅（粵：如容；普：yú yōng）、短狐：怪物，即下文之蜮（粵：域；普：yù），似鼈而三足，能以毒氣射人。

9 王虺（粵：毀；普：huǐ）：大毒蛇。騫：抬頭的樣子。

10 漭洋洋：大水無邊貌，此處形容沙海一望無際。

11 鬤（粵：氧；普：ráng）：毛髮散亂的樣子。

12 踞：當作鋸，鋸牙指其牙如鋸。

13 誒（粵：希；普：xī）：同「嬉」，誒笑即強笑。

14 逴龍：即燭龍，見〈天問〉注。赩（粵：色；普：xì）：赤色。

15 代水：當指北方的河水。

16 顥（粵：浩；普：hào）顥：白而有光的樣子，形容冰雪閃亮。

17 凝凝：冰凍貌。

18 盈北極：指冰雪充滿了北極。

賞析與點評

以上為第二段，描述四方之凶險。與〈招魂〉不同，此段並未言及天庭及冥府。惟「豕首縱目」的怪物，或以為是西方神佐蓐收，則可備文獻之不足。

魂魄歸徠！閒以靜只。自恣荊楚[1]，安以定只。逞志究欲[2]，心意安只。窮身永樂[3]，年壽延只。魂乎歸徠！樂不可言只。五穀六仞[4]，設菰粱只[5]。鼎臑盈望[6]，和致芳只[7]。內鶬鴿鵠[8]，味豺羹只[9]。魂乎歸徠！恣所嘗只。鮮蠵甘雞[10]，和楚酪只[11]。醢豚苦狗[12]，膾苴蓴只[13]。吳酸蒿蔞[14]，不沾薄只[15]。魂兮歸徠！恣所擇只。炙鴰烝鳧[16]，煔鶉陳只[17]。煎鰿臛雀[18]，遽爽存只[19]。魂乎歸徠！麗以先只[20]。四酎并孰[21]，不歰嗌只[22]。清馨凍飲，不歠役只[23]。吳醴白糵[24]，和楚瀝只[25]。魂乎歸徠！不遽惕只[26]。

注釋

1 自恣：隨心任意。荊楚：楚國。

2 逞：伸展。究：極盡。

3 窮身：終身。

4 仞：古代長度單位，一仞為八尺。六仞，形容五穀堆積之高。

5 菰（粵：姑；普：gū）粱：即茭白，秋天結實如米，做飯香美。

6 臑：熟爛。盈望：滿眼。

7 和致芳：調和以令其芳香。

8 內：同「肭」，肥碩。鵠：灰鶴。

9 味：品味。豺羹：豺狗肉製作的羹湯。

10 蠵：大龜。

11 酪：乳漿。

12 豚：豬。醢豚即豬肉醬。苦狗：佐以苦膽汁的狗肉。

13 膾：細切的肉，此處只取切細之意。苴蓴（粵：追撲；普：jū bó）：又稱蘘荷，薑科香料。

14 吳酸：吳地所產的醋。蒿蔞：香蒿。

15 沾：濃。薄：淡。不沾薄即味道濃淡適宜。

16 炙：烤。鴰（粵：括；普：guā）：烏鴉。烝：同「蒸」。鳧：野鴨。

17 煔（粵：潛；普：qián）：即汆湯煮熟。敶：陳列。

18 鰿（粵：即；普：jì）：鯽魚。臛：帶汁的肉。臛雀指炒雀肉。

19 遽：快。遽爽即口感爽快。

20 麗以先：先嘗美味。

21 酎：醇酒。四酎即四重釀的醇酒。孰：同「熟」。

22 歰嗌（粵：颯益；普：sè yì）：澀口刺喉。

23 歠（粵：輟；普：chuò）：飲。役：僕役。指不可以給僕役飲用，以免醉後失禮。

24 醴：甜酒。白蘖（粵：熱／聶；普：niè）：米麴。

25 瀝：清酒。

26 遽：急切。惕：怵惕，警惕戒懼。

賞析與點評

以上為第三段第一層，描述飲食之多樣。

代秦鄭衛[1]，鳴竽張只。伏戲《駕辯》[2]，楚《勞商》只[3]。謳和《揚阿》[4]，趙簫倡只[5]。魂乎歸徠！定空桑只[6]。二八接舞[7]，投詩賦只[8]。叩鐘調磬，娛人亂只[9]。四上競氣[10]，極聲變只。魂乎歸徠！聽歌譔只[11]。

注釋

1 代秦鄭衛：皆國名。此指流行的四國樂舞。

2 伏戲：即伏羲。《駕辯》：樂曲名。

3《勞商》：曲名，一說即離騷之音轉。

4《揚阿》：樂曲名，一作陽阿、揚荷。

5 趙簫：趙國的洞簫。

6 定：調定。空桑：瑟名。

7 二八：女樂八人一列，共兩列。接：連。接舞指接續舞蹈。

8 投：配合。詩賦：指歌舞的歌詞聲調。

9 娛人：指娛人的歌舞者。亂：有條理。

10 四上：指前文的鳴竽、駕辯、勞商及洞簫。競氣：競比音樂。

11 譔（粵：撰；普：zhuàn）：具備。

賞析與點評

以上為第三段第二層，描述樂舞之賞心。

朱唇皓齒，嫭以姱只[1]。比德好閒[2]，習以都只[3]。豐肉微骨[4]，調以娛只[5]。魂乎歸徠！安以舒只。嫮目宜笑[6]，蛾眉曼只[7]。容則秀雅[8]，穉朱顏只[9]。魂乎歸徠！靜以安只。姱修滂浩[10]，麗以佳只。曾頰倚耳[11]，曲眉規只[12]。滂心綽態[13]，姣麗施只。小腰秀頸[14]，若鮮卑只[15]。魂乎歸徠！思怨移只[16]。易中利心[17]，以動作只。粉白黛黑[18]，施芳澤只[19]。長袂拂面，善留客只。魂乎歸徠！以娛昔只[20]。青色直眉[21]，美目媔只[22]。靨輔奇牙[23]，宜笑嘕只[24]。豐肉微骨，體便娟只[25]。魂乎歸徠！恣所便只[26]。

注釋

1 嫭（粵：戶；普：hù）、姱（粵：誇；普：kuā）：皆美麗。

2 比德：指眾女品德。好閒：性喜嫻靜。

3 習：嫻熟，指嫻熟於禮儀。都：雅，指儀態雅正。

4 豐肉：體態豐腴。微骨：骨骼纖細。

5 調：神態調和。娛：情緒愉悅。

6 嫮（粵：戶；普：hù）：同「嫭」，美好。

7 曼：細長貌。

8 容則：儀表。

9 穉：幼。

10 修：身材修長。滂浩：廣大，指心胸寬廣。

11 曾頰：指面部豐滿。倚耳：指兩耳勻稱貼後。

12 規：弧形，指眉形如弧。

13 滂（粵：龐；普：pāng）心：情感豐沛。綽態：風姿綽約。

14 小腰：腰身細小。秀頸：脖頸秀長。

15 鮮卑：指胡服的衣帶。

16 思怨移：指愁思哀怨悉為移除。

17 易中：內心平易。利心：意緒和順。

18 粉白：面敷白粉。黛黑：眉染黑黛。

19 澤：膏脂。

20 昔：同「夕」，晚上。

21 青色：指眉黛。直眉：雙眉相連。

22 婳（粵：棉；普：mián）：含情脈脈的樣子。

23 靨（粵：jip⁹；普：yè）輔：酒窩。奇（粵：基；普：jī）：單。奇牙指微笑時露出的門牙。

24 嘕（粵：煙；普：yān）：同「嫣」，巧笑貌。

25 便娟：輕盈美好的樣子。

26 恣：任。所便：所安。

賞析與點評

以上為第三段第三層，描述美女之秀外慧中。

夏屋廣大[1]，沙堂秀只[2]。南房小壇[3]，觀絕霤只[4]。曲屋步壛[5]，宜擾畜只[6]。騰駕步遊[7]，獵春囿只[8]。瓊轂錯衡[9]，英華假只[10]。茝蘭桂樹，鬱彌路只[11]。魂乎歸徠！恣志慮只。孔雀盈園，畜鸞皇只。鵾鴻群晨[12]，雜鶖鶬只[13]。鴻鵠代遊[14]，曼鸘鷞只[15]。魂乎歸徠！鳳皇翔只。

注釋

1 夏屋：大屋。「夏」同「廈」。

2 沙堂：用丹砂塗繪的廳堂。

3 房：廳堂左右的側室。

4 觀（粵：貫；普：guàn）：樓。絕：超過。霤（粵：漏；普：liù）：指屋簷。絕霤指高樓超越屋簷。

5 曲屋：樓房之間的架空步道。壛（粵：嫌；普：yán）：同「簷」。步壛即走廊。

6 擾：馴養。畜：家畜，此處指馬。

7 騰駕：駕車。

8 春囿：春季的獵場。

9 瓊轂：以玉裝飾的車輪軸木。錯衡：以金塗飾的車轅橫木。

10 假：大。

11 鬱：茂盛。彌路：充滿道路。

12 鵾：鵾雞，鶴類，見〈九辯〉注。鴻：天鵝。晨：晨鳴。

13 鶖（粵：秋；普：qiū）：水鳥，似鶴而大，青色。

14 代遊：往來遊戲。

15 曼：曼衍。鷫鷞（粵：肅雙；普：sù shuāng）：水鳥，亦雁類。

賞析與點評

以上為第三段第四層，描述居所之怡人。

曼澤怡面[1]，血氣盛只。永宜厥身，保壽命只。室家盈廷[2]，爵祿盛只。魂乎歸徠！居室定只。接徑千里，出若雲只[3]。三圭重侯[4]，聽類神只[5]。察篤天隱[6]，孤寡存只[7]。魂乎歸徠！正始昆只[8]。田邑千畛[9]，人阜昌只[10]。美冒眾流[11]，德澤章只。先威後文[12]，善美明只。魂乎歸徠！賞罰當只。名聲若日，照四海只。德譽配天，萬民理只。北至幽陵，南交阯只。西薄羊腸[13]，東窮海只。魂乎歸徠！尚賢士只。發政獻行[14]，禁苛暴只。舉傑壓陛[15]，誅譏罷只[16]。直贏在位[17]，近禹麾只[18]。豪傑執政，流澤施只。魂乎歸徠，國家為只。雄雄赫赫[19]，天德明只。三公穆穆[20]，登降堂只[21]。諸侯畢極[22]，立九卿只。昭質既設[23]，大侯張只。執弓挾矢，揖辭讓只[24]。魂乎歸徠！尚三王只[25]。

注釋

1 **曼澤**：細膩潤澤。**怡面**：容色和樂。

2 **室家**：宗族。

3 **出若雲**：指人民眾多，出入如雲。

4 **圭**：一種長形玉版，上為劍頭形，為帝王或諸侯於典禮時所執。古代公執桓圭，侯執信圭，伯執躬圭，故稱三圭。此處借指公、侯、伯。**重侯**：謂子、男。

5 **類**：事類。**神**：明。聽類神指聽察事理如神明。

6 **察篤**：明察厚待。**夭**：未成年而死的人。

7 **存**：慰問。

8 **正**：定。**昆**：後。正始昆謂定仁政之先後。

9 **畛**（粵：疹；普：zhěn）：田上路徑。

10 **阜昌**：眾多而昌盛。

11 **美**：指美好的教化。**冒**：覆蓋、遍及。**眾**：人民。**流**：流播。

12 **先威後文**：先以威力服眾，後以文治化人。

13 **薄**（粵：雹；普：pò）：迫近。**羊腸**：地名，在山西晉陽西北。

14 **獻行**：進獻良策。

15 壓：立。陛：殿階。舉傑壓陛指推舉俊傑，使立於高位。
16 誅：懲罰。譏：貶謫。
17 直：正直。贏：才優而有餘者。
18 麾：指揮。近禹麾謂接近聖王大禹的指揮取士。
19 雄雄赫赫：指國勢強盛。
20 三公：太師、太傅、太保。穆穆：此指和睦互相尊重的樣子。
21 登降：上下。堂：朝堂。
22 畢極：全部來到。
23 昭質：射靶所畫之地。大侯：布製的大箭靶。
24 揖辭讓：古代射禮，射者執弓矢以相揖辭讓，而後升而射。
25 三王：禹、湯、文王。

賞析與點評

以上為第三段第四層，描述如何實現富民強國的理想。

惜誓

本篇導讀——

王逸云：「惜者，哀也。誓者，信也，約也。言哀惜懷王與己信約而復背之也。」本篇作者不詳，洪興祖、朱熹皆認為是賈誼所作。賈誼（前二〇〇—前一六八），西漢洛陽人。十八歲便有才名，年過二十即被漢文帝召為博士，隨即任命為太中大夫。二十三歲時，遭群臣忌恨而貶為長沙王太傅。後召回京，為梁懷王太傅。梁王墜馬死，賈誼歉疚不已，憂傷而死。明代桑悅質疑道：「誼死時僅三十有三，何以此章起句遂曰『惜年老而日衰兮，歲忽忽而不及』？」若依王逸的說法，本篇為代屈原立言之作，因此作者實際年紀並非重點。若遵從洪、朱二家以作者為賈誼的推測，則本篇不僅為代言體，還寄託了賈生遭讒見忌的幽憤。後來，宋代林應辰《龍岡說楚辭》認為屈原並未沉江，而是與女嬃同歸故里，明代汪瑗《楚辭集解》、陳深《諸子品節・屈子》皆從之。追本溯源，此說恐與〈惜誓〉的內容有很大關係。

惜余年老而日衰兮，歲忽忽而不反[1]。登蒼天而高舉兮，歷眾山而日遠[2]。觀江河之紆曲兮，離四海之霑濡[3]。攀北極而一息兮[4]，吸沆瀣以充虛[5]。飛朱鳥使先驅兮[6]，駕太一之象輿[7]。蒼龍蚴虯於左驂兮[8]，白虎騁而為右騑[9]。建日月以為蓋兮[10]，載玉女於後車[11]。馳騖於杳冥之中兮[12]，休息虖崑崙之墟[13]。樂窮極而不厭兮，原從容虖神明。涉丹水而駝騁兮[14]，右大夏之遺風[15]。黃鵠之一舉兮，知山川之紆曲。再舉兮，睹天地之圜方。臨中國之眾人兮[16]，託回飆乎尚羊[17]。乃至少原之野兮[18]，赤松、王喬皆在旁[19]。二子擁瑟而調均兮[20]，余因稱乎《清商》[21]。澹然而自樂兮[22]，吸眾氣而翱翔[23]。念我長生而久仙兮，不如反余之故鄉。

注釋

1 忽忽：迅速。不反：同「不返」。

2 日遠：指家鄉越來越遠。

3 離：遭逢。霑濡：沾染浸濕。

4 北極：北極星。息：休歇。

5 沆瀣：露水。見〈遠遊〉注。充虛：充飢。

6 朱鳥：朱雀，南方七宿的統稱。

7 太一：神名。象輿：以象牙為飾的馬車。

8 蒼龍：與下句「白虎」分別為東、西方七宿的統稱。蚴虯（粵：黝求；普：yǒu qiú）：同「夭蟜」，屈伸游動的樣子。

9 右騑（粵：非；普：fēi）：即右驂，車前四馬的最右一匹。

10 建：樹立。蓋：車蓋。

11 玉女：即北方玄武七宿中的女宿。

12 馳騖：奔走。杳冥：昏暗。

13 虖：同「乎」。墟：大丘。

14 丹水：即赤水，神話河流，發源於崑崙山。駝騁：同「馳騁」。

15 大夏：外國名，在阿姆河以南，興都庫什山以北，即古希臘人所言之巴克特里亞（Bactria）。此概言極西之處。遺風：遺俗。

16 中國：中原。

17 回飆：旋風。尚羊：同「徜徉」，信步漫遊。

18 少原：神話地名，仙人所居。

19 赤松、王喬：即赤松子、王子喬，皆仙人名。

20 調、均：皆調適絃索音律之意。
21 稱：稱讚。《清商》：曲調名。
22 澹然：安然自得的樣子。
23 眾氣：六氣，即陰陽風雨晦明之氣。

賞析與點評

以上為第一段，寫屈原年老無成，於是希望求仙遠世以舒哀。然而仙家雖好，詩人心中卻依然以返回故鄉為念。

黃鵠後時而寄處兮[1]，鴟梟群而制之。神龍失水而陸居兮，為螻蟻之所裁。夫黃鵠神龍猶如此兮，況賢者之逢亂世哉。壽冉冉而日衰兮[2]，固儃回而不息[3]。俗流從而不止兮，眾枉聚而矯直[4]。或偷合而苟進兮[5]，或隱居而深藏。苦稱量之不審兮[6]，同權概而就衡[7]。或推迻而苟容兮[8]，或直言之諤諤[9]。傷誠是之不察兮[10]，並紉茅絲以為索[11]。方世俗之幽昏兮，眩白黑之美惡[12]。放山淵之龜玉兮[13]，相與貴夫礫石[14]。梅伯數諫而至醢兮[15]，來革順志而用國[16]。悲仁人之盡節兮，反為小人之所賊。比干忠諫而剖心兮，箕子被髮而佯狂。水背流而源竭兮[17]，木去根而不長。非重軀以慮難兮[18]，惜傷身之無功。

注釋

1 後時：未能適時而早去。

2 冉冉：漸漸。

3 儃回：運轉，指歲月輪替。

4 眾枉：一眾邪曲之人。矯直：令正直者改變從俗。

5 偷合：苟且聚合。苟進：不擇手段地追求仕進。

6 稱：指輕重。量：指多少。審：明察。

7 權：秤錘。概：平斗的器具。衡：平。兩句謂苦於君主任事之不辨賢愚。

8 推迻：同「推移」，即順隨。此處指順隨君意以固寵，毫無主見。苟容：苟合取容。

9 諤諤（粵：愕；普：è）：直言的樣子。

10 傷：悲傷。誠是：是非之實。

11 糿茅絲以為索：將茅草和絲線合製繩索，即賢愚不分之意。

12 眩：迷惑。
13 放：捨棄。山淵之龜玉：深山美玉、九淵靈龜，皆喻賢人。
14 礫：碎石。
15 梅伯：殷紂時賢諸侯，因直諫而遭殺害。
16 來革：殷紂佞臣。順志：順從紂王的想法。用國：秉持國政。
17 背流而源竭：當作背源而流竭，指水背離泉源而橫流，自然會乾涸。
18 重軀：愛重軀體，即以生命為重。慮難：顧慮危難。

賞析與點評

以上為第二段，寫屈原回到楚國後，眼見群小當道、黑白顛倒的狀況。

已矣哉！獨不見夫鸞鳳之高翔兮，乃集大皇之野[1]。循四極而回周兮[2]，見盛德而後下[3]。彼聖人之神德兮，遠濁世而自藏。使麒麟可得羈而繫兮，又何以異虖犬羊？[4]

注釋

1 大皇之野：荒遠無人的郊野。
2 回周：徘徊周流。
3 盛德：指大德之君。下：指歸依。
4「彼聖人之神德兮」四句：襲用〈弔屈原賦〉。

賞析與點評

以上亂詞為第三段，寫屈原經歷求仙和入世兩種選擇的糾結後，決定遠離濁世，藏身江海。

弔屈原賦

本篇導讀——

本篇是賈誼往赴長沙王太傅之任途中，經過湘水時所作。屈原自沉汨羅的故事，令賈誼觸景傷懷，於是作為此篇，既弔屈原，亦以自哀。本篇不錄於王逸《楚辭章句》，由朱熹收於《集注》。

誼為長沙王太傅[1]，既以謫去，意不自得。及渡湘水，為賦以弔屈原。屈原，楚賢臣也。被讒放逐，作〈離騷〉賦。其終篇曰：「已矣哉！國無人兮，莫我知也。」遂自投汨羅而死[2]。誼追傷之，因自喻[3]。其辭曰：

注釋

1 長沙王：吳差，為漢高祖功臣、第一代長沙王吳芮的玄孫。太傅：官名，輔佐大臣及君主之師。西漢諸侯國的太傅多為中央任命，對諸王有監護之責。

2 汨羅：湘水支流，在湖南北部。

3 自喻：自我比擬。

賞析與點評

以上為小序。

恭承嘉惠兮[1]，竢罪長沙[2]。側聞屈原兮[3]，自沉汨羅。造託湘流兮[4]，敬弔先生[5]。遭世罔極兮[6]，乃殞厥身。嗚呼哀哉！逢時不祥。鸞鳳伏竄兮[7]，鴟梟翱翔[8]。

闒茸尊顯兮[9]，讒諛得志。賢聖逆曳兮[10]，方正倒植。謂隨夷溷兮[11]，謂跖蹻廉[12]。莫邪為鈍兮[13]，鉛刀為銛[14]。吁嗟默默，生之亡故兮[15]。斡棄周鼎[16]，寶康瓠兮[17]。騰駕罷牛[18]，驂蹇驢兮[19]。驥垂兩耳[20]，服鹽車兮[21]。章甫薦履[22]，漸不可久兮。嗟苦先生，獨離此咎兮[23]。

注釋

1 恭：恭敬。承：承受。嘉：美好。惠：恩惠。嘉惠指文帝的委任。

2 竢：同「俟」，等候。俟罪即待罪，此處為自謙之語。

3 側聞：從旁聽說。

4 造：到訪。

5 先生：指屈原。

6 罔：無。極：中正。遭世罔極指遭逢不中不正的世道。

7 伏竄：潛伏逃竄。

8 鴟梟（粵：痴囂；普：chī xiāo）：貓頭鷹，古人以為兇鳥，此處比喻惡人。

9 闒（粵：塔；普：tà）茸：駑鈍低劣。

10 逆：倒過來。曳：拖拉。指不得順道而行。

11 隨：卞隨，商代賢人。夷：伯夷。溷：混濁。

12 跖：即盜跖，春秋時大盜。蹻（粵：囂；普：qiāo）：莊蹻，戰國時楚將，曾反叛楚國，攻下郢都，其後又在雲南自立為王。

13 **莫邪**：古代名劍。

14 **鉛刀**：鉛質軟鈍，製刀必不鋒利。**銛**（粵：簽；普：xiān）：鋒利。

15 **生**：指屈原。**亡**（粵：無；普：wú）：同「無」。亡故指無故遇禍。

16 **斡**（粵：挖；普：wò）**棄**：拋棄。**周鼎**：比喻俊傑。

17 **寶**：視為珍寶。**康瓠**（粵：壺；普：hú）：破瓦罐，比喻庸才。

18 **罷**（粵：皮；普：pí）：疲憊。

19 **蹇**：跛腳。

20 **垂兩耳**：形容駿馬喪氣之貌。

21 **服**：駕。鹽車行駛緩慢，而以駿馬拉車，比喻浪費才俊。

22 **章甫**：商代的一種禮冠。**薦**：墊。章甫薦履即以禮冠墊鞋。

23 **離**：同「罹」，遭遇。

賞析與點評

以上為弔詞正文，在道出撰文動機後，對楚國的亂政及屈原的不遇沉江表達了極大的悲傷與憤慨。

誶曰[1]：已矣！國其莫我知兮，獨壹鬱其誰語[2]？鳳漂漂其高逝兮[3]，固自引而遠去[4]。襲九淵之神龍兮[5]，沕深潛以自珍[6]。偭蟂獺以隱處兮[7]，夫豈從蝦與蛭螾[8]？所貴聖人之神德兮，遠濁世而自藏。使騏驥可繫而羈兮[9]，豈云異夫犬羊？般紛紛其離此尤兮[10]，亦夫子之故也。歷九州而相其君兮[11]，何必懷此都也[12]？鳳皇翔於千仞兮，覽德輝而下之[13]。見細德之險徵兮[14]，遙增擊而去之[15]。彼尋常之汙瀆兮[16]，豈容吞舟之巨魚？橫江湖之鱣鯨兮[17]，固將制於螻蟻。

注釋

1 誶（粵：穗；普：suì）：一作訊，即亂詞。

2 壹鬱：憂愁。

3 漂漂：同「飄飄」，飛翔的樣子。

4 自引：自行引退。

5 襲：效法。九淵：深淵。

6 沕（粵：密；普：mì）：隱沒。

7 偭（粵：免；普：miǎn）：低頭看。蟂（粵：囂；普：xiāo）：水蜥。獺（粵：察；普：tǎ）：水獺。

8 蝦（粵：霞；普：há）：蛤蟆，青蛙。蛭（zhì）：水蛭，螞蟥。螾：同「蚓」，蚯蚓。

9 繫：捆綁。羈：籠絡。

10 般（粵：盤；普：pán）：久。紛紛：淩亂的樣子。尤：禍患。

11 歷：歷經。相：考察。

12 此都：指郢都。

13 德輝：指君主的道德光輝。

14 細德：細末之德，指低下的品德。險徵：危險的徵兆。

15 增擊：言展翅高飛。

16 汙：同「污」。瀆：水溝。

17 鱣（粵：氈；普：zhān）：鱘鰉，一種大魚。

賞析與點評

以上相當於亂詞，痛惜屈原身處亂世，為何不離開楚國，另覓賢君。這種感慨在賈誼說來尤為無奈：身處大一統的西漢王朝，他甚至連另覓賢君的選擇都沒有！

鵩鳥賦

本篇導讀——

本篇又名〈服賦〉，為賈誼謫居長沙時所作，不錄於王逸《楚辭章句》，由朱熹收於《集注》。在一個黃昏，有隻鵩鳥飛到賈誼的居所，令他產生不祥之感，於是創作此賦，聊以自寬。本篇除採用了虛設主客問答的形式外，還可視為早期的禽言詩：篇中大部分內容都是借鵩鳥之口而道出的。這種寫作手法遠承《詩經．豳風》的〈鴟鴞〉篇，近倣先秦諸子的寓言故事。篇中有大量的議論，可算是賦筆或鋪陳手法的一種變體，與西晉陸機的〈文賦〉遙相呼應。《昭明文選》將本篇歸入鳥獸類，尚可斟酌。全篇以四言體為主，嘗試營造一種清淨無為、少私寡慾、等禍福、齊死生的道家思想境界，但在文字背後卻能感受到作者懷才不遇的悲憤之情。

誼為長沙王傅三年，有鵩飛入誼舍[1]。鵩似鴞，不祥鳥也。誼既以謫居長沙，長沙卑濕[2]，誼自傷悼，以為壽不得長，乃為賦以自廣也[3]。其辭曰：

注釋

1 鵩（粵：服；普：fú）、鴞：皆指貓頭鷹。

2 卑濕：地勢低窪、空氣潮濕。

3 自廣：自我寬慰。

賞析與點評

以上為小序。

單閼之歲兮[1]，四月孟夏。庚子日斜兮[2]，鵩集余舍[3]。止於坐隅兮[4]，貌甚閒暇。異物來萃兮[5]，私怪其故。發書占之兮[6]，讖言其度[7]。曰：「野鳥入室兮，主人將去。」請問子鵩[8]：「余去何之？吉乎告我，凶言其災。淹速之度兮[9]，語余其期。」

注釋

1 單閼（粵：sin^{4} 煙；普：chán yān）之歲：卯年。此即漢文帝前元六年（前一七四），歲次丁卯。

2 庚子：日名。日斜：黃昏日側的時分。

3 集：止停。

4 坐隅：座位的一角。

5 異物：怪異之物，指鵩鳥。萃：集。

6 發：開。發書指打開占筮的書。

7 度：度驗。

8 子：尊稱。子鵩即鵩鳥先生。

9 淹：慢。

賞析與點評

本段簡潔道出了作賦的背景和動機。鵩鳥是凶禽，令賈誼惶惑不安。他打開筮書，占卜結果並不吉利。然而此時的賈誼抑鬱獨居，身邊根本沒有可以共語之人，於是這隻貌甚閒暇的鵩鳥竟成了他的交談對象。鵩鳥之閒暇，似乎意味着凶險和死亡到來的疾緩並不以人類的主觀意願而改變。與鵩鳥的對話，無疑就是與凶險和死亡的對話。然而，這番對話卻也正是齊死生、悟天道的隱喻。

鵩乃歎息，舉首奮翼。口不能言，請對以臆[1]。曰：「萬物變化兮，固無休息。斡流而遷兮[2]，或推而還[3]。形氣轉續兮[4]，變化而嬗[5]。沕穆無窮兮[6]，胡可勝言[7]！禍兮福所倚，福兮禍所伏。憂喜聚門兮[8]，吉凶同域。彼吳強大兮，夫差以敗。越棲會稽兮[9]，句踐霸世。斯遊遂成兮[10]，卒被五刑[11]。傅說胥靡兮[12]，乃相武丁。夫禍之與福兮，何異糾纆[13]？命不可說兮，孰知其極？水激則悍兮[14]，矢激則遠。萬物迴薄兮[15]，震盪相轉。雲蒸雨降兮，糾錯相紛[16]。大鈞播物兮[17]，坱圠無垠[18]。天不可與慮兮，道不可與謀。遲速有命兮，惡識其時[19]？

注釋

1 臆：猜測。

2 斡流：旋轉流動。遷：變遷。

3 推：遷移。

4 形氣：身體與精神。轉續：轉化延續。

5 嬗（粵：善；普：shàn）：更替。

6 沕（粵：密；普：wù）穆：深微的様子。

7 胡可勝（粵：性；普：shēng）言：哪裏講得完。

8 憂喜聚門：憂事和喜事聚集在一門之中。

9 會（粵：匯；普：kuài）稽：越國都城，在今浙江紹興。

10 斯：李斯。遊：遊説。

11 五刑：指墨、劓、刖、宮、大辟五種刑法。此謂李斯被處死。

12 胥靡：役者、刑徒。

13 糾：兩股繩。纆：三股繩。指禍福如繩索糾纏。

14 悍：暴急強勁。

15 迴薄（粵：雹；普：pò）：循環相迫，變化無常。

16 糾錯：錯亂。

17 鈞：製陶的轉輪。大鈞指造化。

18 坱圠（粵：jœy² 壓；普：yǎng yà）：廣大無邊的樣子。

19 惡（粵：烏；普：wū）：如何。

賞析與點評

本段為鵩鳥答語的第一部分，主要以道家思想來寬解，而其內容則為天道難謀、禍福無常、吉凶難測、物類互轉，面對宇宙恢詭，人的智慧和生命都不過是滄海一粟。

「且夫天地為鑪兮[1]，造化為工。陰陽為炭兮，萬物為銅。合散消息兮[2]，安有常則？千變萬化兮，未始有極[3]。忽然為人兮，何足控摶[4]？化為異物兮，又何足患？小智自私兮，賤彼貴我。達人大觀兮[5]，物無不可[6]。貪夫徇財兮[7]，烈士徇名。夸者死權兮[8]，品庶每生[9]。怵迫之徒兮[10]，或趨西東[11]。大人不曲兮[12]，意變齊同[13]。愚士繫俗兮[14]，窘若囚拘[15]。至人遺物兮[16]，獨與道俱。眾人惑惑兮，好惡積億[17]。真人恬漠兮[18]，獨與道息。釋智遺形兮[19]，超然自喪[20]。寥廓忽荒兮[21]，與道翱翔。乘流則逝兮[22]，得坎則止[23]。縱軀委命兮[24]，不私與己[25]。其生兮若浮，其死兮若休。澹乎若深淵之靜，泛乎若不繫之舟。不以生故自寶兮，養空而游[26]。德人無累兮[27]，知命不憂。細故蒂芥兮[28]，何足以疑？」

注釋

1 鑪：同「爐」。

2 合散：聚合與離散。消息：消亡與生息。

3 未始：未必。極：終極。

4 控摶：控制，引持而自玩弄。此有貴生之意。

5 達人：通達之人。大觀：目光遠大。

6 物無不可：對於萬物等量齊觀，無所不宜。

7 徇：通「殉」，亡身從物。

8 夸：浮誇。死權：貪戀權勢，至死方休。

9 品庶：眾人。

10 怵：誘惑。迫：威脅。怵迫之徒指為利所誘迫者。

11 趨西東：指鑽營奔走不休。

12 **大人**：君子。**曲**：不公正。**意**：通「億」。意指千變萬化。

13 **齊同**：一致、等同。

14 **繫俗**：受世俗所羈絆。

15 **窘**：窮困。窘若囚拘謂如遭囚被拘一樣困頓。

16 **至人**：道全德高之人。**遺物**：超脱於世物之外。

17 **億**：通「臆」，胸懷。好惡積億指喜好、厭惡之情皆累積於胸中。

18 **恬漠**：恬淡寂寞。

19 **釋**：放下。**遺**：拋棄。

20 **自喪**：即莊子所謂「吾喪我」，指放下形體之我而讓精神之我得到解脱。

21 **寥廓**：空曠。**忽荒**：同「惚恍」，形容大道混沌和同的樣子。

22 **乘流**：順着水流。

23 **坎**：水中小洲。

24 **縱軀委命**：放下軀體、任憑命運。

25 **與己**：由一己來決定。

26 **養空**：涵養空靈的心性。

27 **無累**：心無罣礙。

28 細故：細小的事。蔕芥：微小之物。

賞析與點評

本段為鵩鳥答語的第二部分，旨意更深一層，指出人所寄生的世界固然難以知測，但卻依然有道可循：只要能保全真我，縱軀委命，不介意一己之得失，不在乎生死之轉化，自能與世推移、與道休息。賈誼少年得志，多所進取，似乎更接近於儒家。他借鵩鳥之口講出這深刻的道家思想，顯示其躬自反思的精神。在本段中，鵩鳥竟由凶險和死亡的化身轉換成賈誼的另一自我，彷彿魔鬼梅菲斯托（Mephistopheles）之於浮士德（Faust）一般。惟有如此，賈誼才能在現實生活中縱浪大化、不喜不懼。

招隱士

本篇導讀——

本篇為西漢淮南王劉安的臣僚淮南小山所作。王逸謂淮南王博雅好古，招懷天下俊偉之士。眾人分造辭賦，以類相從，或稱小山，或稱大山。由此可知，淮南小山為劉安門客的集體筆名之一。王逸認為本篇是小山之徒憫傷屈原隱處山澤，故作此篇以招之。而清初王夫之則認為，本篇是小山為劉安所作的羅致門客的招隱詩。本作雖為招隱詩之祖，卻不同於後世恬淡醇雅的風格，而是辭致閎肆磅礴，音節激昂險奇，被視為兩漢最為高古的騷體詩歌。

桂樹叢生兮山之幽，偃蹇連蜷兮枝相繚[1]。山氣巃嵸兮石嵯峨[2]，谿谷嶄巖兮水曾波[3]。猨狖群嘯兮虎豹嘷，攀援桂枝兮聊淹留。王孫遊兮不歸[4]，春草生。

兮萋萋[5]。歲暮兮不自聊[6]，蟪蛄鳴兮啾啾[7]。坱兮軋[8]，山曲岪[9]，心淹留兮恫慌忽[10]。罔兮沕[11]，憭兮慄[12]，虎豹穴[13]。叢薄深林兮人上慄[14]。嶔岑碕礒兮[15]，碅磳磈硊[16]。樹輪相糾兮[17]，林木茷骫[18]。青莎雜樹兮[19]，薠草靃靡[20]。白鹿麏麚兮[21]，或騰或倚[22]。

狀皃崟崟兮峨峨[23]，淒淒兮漇漇[24]。獼猴兮熊羆，慕類兮以悲[25]。攀援桂枝兮聊淹留。虎豹鬥兮熊羆咆，禽獸駭兮亡其曹[26]。王孫兮歸來，山中兮不可以久留。

注釋

1 偃蹇、連蜷：皆彎曲的樣子。繚：纏繞。

2 巃嵷（粵：龍聳；普：lóng zǒng）：雲氣蔚盛的樣子。嵯（粵：初；普：cuó）峨：高貌。

3 嶄（粵：湛；普：chán）巖：險峻的樣子。曾：通「層」。

4 王孫：王侯的後裔。

5 萋萋：草盛的樣子。

6 聊：依賴。不自聊指精神無依。

7 蟪蛄：夏蟬，春生夏死，夏生秋死。

8 坱軋（粵：jœŋ^{2} 札；普：yǎng yà）：山氣鬱蒸的樣子。

9 岪（粵：佛；普：fú）：山勢盤結的樣子。

10 恫（粵：通；普：tōng）：憂思深沉的樣子。慌忽：同「恍惚」。

11 罔沕（粵：密；普：mì）：失志疑慮的樣子。

12 憭慄：悽愴。

13 穴：藏於洞穴。

14 薄：草叢。上：登上。

15 嶔（粵：欽；普：qīn）岑：山高的樣子。碕礒（粵：奇蟻；普：qí yǐ）：山石不平的樣子。

16 硱磳（粵：昆增；普：jūn zēng）、磈硊（粵：塊偉；kuǐ wěi）：皆山石高險的樣子。

17 輪：橫枝。

18 茷（粵：伐；普：fá）：盤紆的樣子。骫（粵：委；普：wěi）：下垂的樣子。

19 莎（粵：梭；普：suō）：草根。

20 薠：水草。靃（粵：水；普：suǐ）靡：隨風披靡。

21 麏（粵：均；普：jūn）：獐。麚（粵：加；普：jiā）：母鹿。

22 騰：奔走。倚：站立。

23 皃（粵：貌；普：mào）：同「貌」。崟崟（粵：吟；普：yín）峨峨：頭角崢嶸的樣子。

24 淒淒、漇漇（粵：徙；普：xǐ）：毛色潤澤的樣子。

25 慕類以悲：思念同類而悲鳴。

26 曹：類。亡其曹指離群奔逃。

賞析與點評

本篇善用賦筆，鋪寫出山中幽深險峻、怵目驚心的景象，營造出淒厲哀感的氛圍，顯現隱士所居艱困孤寂的處境，以圖招之出山。自此以後，王孫、芳草便被賦予隱士和隱居生活的寓意。

名句索引

三畫

四畫

五畫

六畫

七畫

十一畫

十二畫

十三畫

十四畫及以上

澹乎若深淵之靜，泛乎若不繫之舟。 三二一

舉世皆濁我獨清，眾人皆醉我獨醒。 二三六

臨沅湘之玄淵兮，遂自忍而沉流。 一九三

蟬翼為重，千鈞為輕；黃鐘毀棄，瓦釜雷鳴。 二三一

豐肉微骨，調以娛只。 二九三

竊慕詩人之遺風兮，願託志乎素餐。 二五二

變白以為黑兮，倒上以為下。 一八三

新　視　野
中華經典文庫

新 視 野
中華經典文庫